무림세가
전생랭커

무림세가 전생랭커 6

2021년 7월 23일 초판 1쇄 인쇄
2021년 7월 28일 초판 1쇄 발행

지은이 산보
발행인 김정수 강준규

기획 이기헌 왕소현 박경무 강민구
책임편집 천기덕
마케팅지원 배진경 임혜솔 송지유 이영선

발행처 (주)로크미디어
출판등록 2003년 3월 24일
주소 서울시 마포구 성암로 330 DMC첨단산업센터 318호
Tel (02)3273-5135 **편집** 070-7863-0307 Fax (02)3273-5134
홈페이지 rokmedia.com E-mail rokmedia@empas.com

값 8,000원

ISBN 979-11-354-9852-7 (6권)
ISBN 979-11-354-9773-5 04810 (세트)

산보 신무협 장편소설

6

무림세가 전생령귀

ROK MEDIA
로크미디어

차
례

1장

축 늘어진 주맹조의 시체가 지독한 독기로 인해 보랏빛으로 변했다.

그 끔찍한 모습을 목도한 주위의 모두가 침묵에 빠져 버렸다.

천강진인을 포함한 어느 누구도 감히 말을 꺼내지 못했다.

무림맹에 마교의 간자가 숨어들었다니!

믿기 힘든 일대 사건이 벌어져 있었다.

그러나 이런 극도의 혼란 속에서도 속내에 여유로움을 지니고 있는 이가 있었으니.

'이 정도면 됐겠군.'

다름 아닌 주맹조의 정체를 밝힌 유신운이었다.

다른 이들이 보기에는 유신운 또한 주맹조의 정체를 전혀 모른 것 같지만, 그는 이미 주맹조가 마교 소속이라는 것을 알고 있었다.

　지금의 이 극적인 연출을 위해 연기를 했을 뿐이었다.

　'운이 좋았지.'

　사실 처음 유신운이 외각을 수사하기로 결정했을 때는 식미각이 아닌 다른 육각의 한 곳을 목표로 삼고 있었다.

　그곳에 대한 확실한 미래의 정보가 있었기 때문이었다.

　하지만 식미각에 방문하였을 때.

　유신운은 너무도 우연히 식미각에 숨겨 있던 비밀의 편린을 발견하게 되었다.

　야율향의 손에서 식단 일지를 넘겨받아 살펴본 순간, 시스템 메시지가 그의 눈앞에 떠올랐다.

　[조건을 만족하여 스킬, '선의술(ss)'의 히든 효과가 발동됩니다.]

　[선의술, '해악진단(害惡診斷)'이 발휘됩니다.]

　[해악진단의 효과로 식단 일지에서 다수의 조합 독을 발견하였습니다.]

　[조합 독의 해악을 진단합니다.]

　[조합 독의 효과가 '중독된 자의 주화입마를 유발'로 파악

되었습니다.]

선의술의 히든 효과인 해악진단이 식미각의 음식에서 숨겨 있던 독성을 파악하였다.

전혀 예상치 않은 상황이었기에 유신운조차 깜짝 놀랐지만, 주변의 눈을 의식하여 아무렇지 않은 척 연기했다.

그러나 백혼안을 발동시킨 두 눈으로는 빠르게 조합 독이 발견된 음식들을 만든 범인을 살폈다.

[주맹조]
무골 : 무(無) / 극마지체(S+)

특성 : 은밀기동(隱密機動)(S) / 변형근골(變形筋骨)(S+)

백혼안의 스킬 레벨이 상승한 덕분에 주맹조의 무골과 특성을 제대로 파악할 수 있었다.

첫 번째에는 근골이 없다고 나왔지만, 두 번째에는 극마지체라는 마인의 근골이 적혀 있었다. 아무래도 변형근골이라는 특성으로 마인의 근골을 숨긴 것 같았다.

그렇게 주맹조가 마인이라는 사실을 알아차렸지만, 그가 어디의 소속인지까지는 알 수 없었다.

처음에는 혈교의 간자로 의심했지만, 무언가 속 시원하게 풀리지 않는 부분이 있었다.

주맹조가 만들었던 조합 독이 섞인 식단이 혈교의 간자가 확실한 적양자와 화산파의 무인들에게까지도 배급이 되었던 것이었다.

그러던 중 유신운은 해악진단의 결과를 살피다가 또 다른 단서를 포착하였다.

'주화입마의 유발!'

조합 독이 유발하는 결과를 본 순간, 그의 머릿속에 한 가지 사건이 떠올랐다.

몇 년 후 벌어지는 사파련과의 싸움에서 무림맹의 무인들이 갑자기 단체로 원인불명의 주화입마에 빠져 무림맹이 커다란 궁지에 몰리게 되는 사건이었다.

모두가 사파련의 소행으로 알고 넘어갔지만, 훗날 혈교의 보고서에는 자세한 방법은 알아채지 못했지만 마교의 소행인 것은 확실하다는 한 줄의 글귀가 적혀 있었다.

진실은 숨겨진 단서들이 하나로 합쳐지는 순간 밝혀진다.

식미각의 조합 독.

또 다른 미래의 단체 주화입마.

별개의 두 사건이 하나로 합쳐지자 유신운은 집단 주화입마 사건의 시작 지점이 바로 지금이었다는 것을, 그리고 그 범인이 주맹조였음을 깨닫게 되었다.

그때부터 유신운은 주맹조를 확실히 치기 위해 확실한 증거를 수집하기 시작했다.

조사한 결과 주맹조는 천강진인과 엮여 있었다.

아무런 증거 없이 성급히 주맹조를 내찰한다면, 천강진인의 개입으로 아무런 성과를 거두지 못할 가능성이 매우 컸다.

조질 거면 확실히 조져야 했기에 유신운은 당원들을 보내 주맹조의 실체를 파악하게 하고, 백수신의를 불러 조합 독이 실재함을 증명하게 했다.

그러나 계획을 준비하는 과정에서 유신운은 딱 한 가지가 마음에 걸렸다.

'흠, 이거 생각보다 빠르게 마교의 주목을 받게 되겠군.'

그건 어쩔 수 없이 마교의 이목을 끌게 된다는 사실이었다.

유신운의 차후 계획에서 마교는 매우 큰 역할을 지니고 있었다.

'혈교가 유일하게 마지막까지 손에 넣지 못한 곳이 마교였으니까.'

슬슬 연결 고리를 만들어 놓으려는 찰나였는데, 이렇게 된다면 가장 최악의 만남이 될 터였다.

하지만 그의 고민은 금세 끝이 났다.

'뭐, 언제는 최악이 아닌 적이 있었나. 올 테면 오라지.'

그렇게 대수롭지 않게 넘어간 유신운은 계획을 실행했고, 주맹조의 정체를 만천하에 공개했다.

그 순간, 유신운이 장내의 싸늘한 침묵을 깨뜨렸다.

"천강진인."

"……!"

유신운의 차가운 시선이 자신을 향하자, 천강진인은 지진이라도 난 듯이 떨리는 눈으로 그를 마주보았다.

"……뭐냐."

그는 복잡한 심경을 숨기기 위해 당당하게 대답하려 했지만, 입 밖으로 흘러나오는 목소리는 침울하기 그지없었다.

그 모습을 우스워하며 유신운이 놈을 낭떠러지로 몰아세우기 시작했다.

"조사 결과, 주맹조의 추천서를 적어 준 것은 너였다. 사실을 인정하는가?"

"아, 아니! 그, 그것은!"

"내 말이 틀리다면 지금 분명히 말해라."

'젠장, 어떻게 해야 하지…….'

숨기고 싶었던 사실이 결국 드러났다.

천강진인은 등 뒤로 식은땀이 줄줄 흐르기 시작했다.

어떻게든 변명을 해야겠다고 생각한 천강진인이 다시금 말을 꺼냈다.

"그래, 추천서를 써 준 것은 분명히 내가 맞긴 하다. 하지만 그건…….."

"헉!"

"……!"

하지만 그는 자신이 입을 열자 터져 나오는 주위의 경악스러운 반응에 얼른 입을 꾹 닫았다.

여기서 괜한 소리를 더하다간 정말 큰일 날 수 있다는 직감이 든 것이다.

그런 찰나 천강진인의 눈에 유신운의 표정이 들어왔다.

'저 개자식이!'

유신운은 우습기 짝이 없다는 표정으로 그를 비웃고 있었다.

참을 수 없는 살심이 그의 마음속에 들끓기 시작하던 때.

유신운이 충격적인 말을 꺼냈다.

"천강진인. 그대를 맹에 대한 반역 혐의로 일시 구금하겠다."

그 말과 함께 유신운이 천강진인에게 성큼성큼 다가서기 시작했다.

"나에게 다가오지 마라! 구금이라니! 대공동파의 장문인인 나를 구금한다니! 네놈 따위에게 그따위 권한은 없다! 네놈들은 당장 저놈을 막지 않고 무엇하느냐!"

그러자 천강진인이 악을 질러 댔다.

말려야 하는 것일까.

천강진인의 처참한 모습을 보며 내찰당원들은 고민을 거듭했다.

하지만 곧이어 결정을 내린 그들은 모두 제자리에서 조용히 침묵했다.

유신운보다 천강진인과의 연이 훨씬 깊은 그들이지만, 그들의 마음속에 품은 정의가 가리키는 방향으로 행동하기로 한 것이다.

후기지수들 모두가 등을 돌리자, 천강진인은 충격을 금치 못했다. 그러면서 천천히 자신의 처지가 눈에 들어오기 시작했다.

구파일방의 장문인이 내찰당에 구금되다니.

그런 꼴사나운 추태는 지금껏 무림맹의 역사에 없었다.

'안 돼! 이런 치욕을 당할 바에야!'

천천히 다가오는 유신운의 걸음에 천강진인이 자신의 검파에 슬며시 손을 가져갔다.

그 모습을 본 유신운은 나직하게 뇌까렸다.

"그래, 그것도 좋은 선택이다."

도대체 저놈의 정체는 무엇이란 말인가.

상대는 조금도 겁을 먹지 않았다.

뽑을 거면 빨리 뽑으란 태도였다.

패기가 전신에서 넘쳐흐르고 있었다.

'여기서 칼을 뽑았다가는…… 반도라는 의심에 박차를 가할 뿐이야. 명분이…… 없다.'

천강진인은 검파에 가져갔던 손을 힘없이 떨어뜨렸다. 그렇게 그는 전의를 모두 상실해 버렸다.

유신운의 기세에 압도되어 버린 것이다.

절망한 표정을 숨기기 위해 고개를 푹 숙인 천강진인의 앞에 유신운이 당도했다.

부들부들 몸을 떨 뿐, 아무런 말도 꺼내지 못하는 그를 향해.

'파헤쳐라, 탐혼의 깃.'

유신운은 육혼번을 발동시켰다.

식미당의 부숙수 주맹조가 마교의 간자였다.

간자를 추천한 공동파의 천강진인이 내찰원에 일시 구금되었다.

새벽녘부터 전해진 충격적인 소식은 순식간에 무림맹 전체에 퍼져 나갔다.

그 누구도 아닌 갑작스러운 마교의 출현에 무림맹도들은 당황을 숨길 수 없었다.

사파련과 마교는 비교할 수 없는 상대였다. 사파련이 분노의 대상이라면, 마교는 공포의 대상이었으니까.

그만큼 마교와의 싸움이 있을 때마다 정파는 막대한 피해를 입어 왔다.

마교와의 직접적인 마찰은 30년 전이 마지막이었다.

다시금 정마대전이 발발하는 것이 아니냐며, 상황이 심각해지던 찰나.

갑작스러운 마교의 내홍으로 싸움은 시작도 되기 전에 허무하게 마무리가 되었다.

그로부터 30년 동안 평화를 만끽하고 있었건만, 그들의 내부에 치명적인 독이 퍼지고 있었던 것이다.

이 일대 사건은 무림맹의 수뇌부들과 유신운에게 완전히 반대되는 영향을 끼치게 되었다.

적양자를 필두로 한 화산파 파벌은 내찰당의 수사 권한에 천강진인이 포함되지 않았다며 길길이 날뛰었다.

그러곤 구금되었던 천강진인을 꺼내 왔다.

하지만 이 일은 엄청난 후폭풍을 가져왔다.

"아니, 스벌! 싸고돌게 따로 있지! 이게 말이나 되는 얘기야?"

"이럴 거면 무림맹이 아니라 화산맹으로 불러야 되는 거 아니냐고!"

"하아, 차마 얼굴을 들기가 부끄러울 뿐."

칠대세가뿐 아니라 구파일방의 맹도들마저 어찌 이런 일을 감싸려 드느냐고 맹비난을 쏟아 낸 것이다.

그러자 적양자와 화산파 파벌의 장로들은 비난을 권력의 힘으로 억눌렀다.

그에 비난 여론은 언뜻 수그러드는 듯 보였지만, 언젠가 터질 훗날의 화탄을 만든 것이나 마찬가지였다.

그와 반대로 유신운에 대한 무림맹도들의 평가는 매우 높아졌다.

처음만 하더라도 사파련의 간자라는 괴소문이 팽배했으나, 마교의 간자를 잡은 시점에서 그런 말을 할 미친 작자는 아무도 없었다.

게다가 유신운이 주맹조를 잡지 않았다면, 원인도 모른 채 주화입마에 걸려 죽음을 맞이할 수 있었다는 사실에 많은 이들이 마른침을 삼켰다.

타락한 무림맹을 정화하기 위해 내찰당주를 맡았다는 유신운의 말이 맹도들에게 진심으로 느껴지기 시작했다.

"마교가 침투한 사실조차 모르는 이 처참한 지경의 무림맹을 다시 바로 세울 수 있는 건 내찰당주뿐일지 몰라."

"그래, 맹주님이 어떤 분인데 아무나 내찰당주로 삼으셨겠어!"

"한데 구금을 강제로 해제시킨 것도 그렇고, 이거 내찰당의 권한이 너무 없는 것 같지 않아?"

"이거 안 되겠군! 우리 함께 목소리를 내서 내찰당의 수사 권한을 예전처럼 복구해 달라 건의해 보자고!"

피 끓는 젊은 무림맹도들이 유신운에 대해 목소리를 하나로 모으기 시작했다.

달포 전만 하더라도 외부인, 이방인 신세였던 유신운이 젊은 무림맹도들의 구심점이 되어 가고 있었다.

그때 이 모든 풍파를 만든 유신운은 여유가 넘치는 얼굴로 누군가의 방 앞에 서 있었다.

'자, 이제 속 좀 뒤집어 줘 볼까.'

끼익.

그런 생각과 함께 유신운이 문을 열자, 검황 담천군의 굳은 얼굴이 눈앞에 펼쳐졌다.

유신운과 눈이 마주친 순간 검황 담천군의 표정이 언제 그랬냐는 듯 평상시의 그것처럼 선하디선한 인상으로 바뀌었다.

"왔는가."

인자한 미소와 함께 담천군이 유신운을 반갑게 맞이했다.

모르는 이였다면 그의 몸에서 흘러나오는 선기에 그대로 긴장이 풀어졌으리라.

하지만 유신운은 그의 정체가 혈교의 팔령주라는 것을 알고 있었다.

찰나의 순간 스쳐 지나갔던 냉혹한 모습이 그의 진면모라는 사실을 되뇌며 유신운은 태연자약한 모습으로 그에게 인사했다.

"내찰당주 유신운, 맹주님을 뵙습니다."

"그래, 이리로 와 편히 앉게나."

그러자 담천군이 그를 자리로 안내했다.

맹주실에 중앙에는 탁상과 의자가 놓여 있었다.

유신운은 그중 담천군을 마주 보게 되는 끝자리에 앉았다.

겉으로 보기에 유신운은 조금도 긴장한 기색이 없어 보였지만.

사실 이 순간 그의 신경은 잔뜩 곤두서 있었다.

'……천장에 셋, 방의 구석마다 한 명씩. 모두 초절정 이상에 그중 두 놈은 화경인가.'

조심스럽게 기감을 펼친 결과, 맹주실 곳곳에 은밀히 모습을 숨기고 있는 호위무사들이 있다는 사실을 알 수 있었다.

담천군에게는 호위무사였지만, 유신운에게는 자신의 목을 노리는 암살자였다.

적진의 한가운데에 파고든 것이나 마찬가지였기에, 유신운은 조금의 방심도 용납하지 않고 미연의 사태에 철저히 대비하고 있었다.

그러던 그때 담천군이 나지막한 목소리로 말을 꺼냈다.

"……그래, 마교의 간자를 잡았다지."

"운이 좋았습니다."

"허허, 내 예상보다도 훨씬 빨리 활약해 주었구먼. 노부가 아직 사람을 보는 눈까지 노안이 오진 않은 것 같아 다행일세."

"과찬이십니다."

유신운이 담백하게 말을 이어 갔다.

서로 미소와 칭찬이 담긴 정다운 대화가 오고 갔다.

하나 실상은 날이 선 칼 같은 말로 서로를 노리고 있었다.

이런저런 실없는 말이 이어지던 중 담천군이 살짝 힘을 주며 말했다.

"한데 천강진인의 경우는 내게 미리 상의를 해 주었으면 더 좋은 해결 방법을 찾았을 것 같으이."

담천군의 말에는 힘이 담겨 있었다. 그의 몸에서 흘러나온 패기가 유신운의 전신을 압박하기 시작했다.

'고작 이 정도냐?'

하지만 유신운은 그에게 조금도 위축되지 않았다.

그는 파고드는 담천군의 패기를 자연스럽게 흘려보내며 당당하게 말을 꺼냈다.

"죄송합니다. 바로 알리려 했으나 상황이 너무 촉박하였던지라 다른 방법이 없었습니다. '다음'에는 '최대한' 이런 일이 없도록 노력하겠습니다."

유신운의 입에서 나온 '다음'이라는 단어와 '최대한'이라는 단어에 담천군의 눈가의 주름이 살짝 꿈틀했다.

'이놈이……!'

유신운의 '다음'이라는 말은 또 다른 풍파를 만들 것임을.

'최대한'이라는 말은 노력은 하겠지만 차후 또 보고를 안 올릴 수 있다는 뜻을 내포하고 있었기 때문이었다.

치밀어 오르는 분노에 담천군의 단전 깊이 숨겨 둔 마기가 맥동하려 했지만, 그는 이내 그 움직임을 차분히 진정시켰다.

그리고 특유의 인자한 미소를 얼굴에 다시 떠올린 후 말을 이어 갔다.

"어제 치러진 장로 회의에서 천강진인의 집법당주 직위를 박탈하고, 평장로의 직위로 강등시키기로 결정을 내렸다네. 자네의 생각은 어떠한가?"

"그가 마교의 간자라면 목을 베어야 하는 것이 마땅합니다."

"……!"

천강진인을 참수하라고?

생각지 않은 유신운의 폭탄 발언에 담천군의 얼굴에 처음으로 당혹의 빛이 떠올랐다.

외부의 시선과 무림맹 무사들의 반응 때문에 물어본 질문에 유신운은 전혀 생각지 않은 대답을 내뱉었다.

유신운이 만일 저런 입장을 고수한다면, 상당히 귀찮아질 염려가 있었다.

천강진인은 공동파의 실권을 한 손에 쥐고 있는 장문인이자, 적양자의 오른팔 노릇을 톡톡히 하고 있었다.

혈교의 계획에 필수적인 존재는 아니었지만, 그래도 아직은 버릴 때가 아니었다.

"크흠, 그것은……."

담천군이 헛기침과 함께 유신운을 설득하려던 찰나, 유신운이 말을 이어 나가기 시작했다.

"뭐, 하지만 맹주님과 장로님들이 천강진인은 그저 실수를 한 것일 뿐이고, 마교와는 무관하다는 것을 밝혀내셨으니 그 정도 처벌이면 된 거 같습니다."

"……?"

그러나 유신운의 이어진 말은 앞과 전혀 다른 것이었다.

'끌끌, 이놈 얼굴 좀 보게.'

유신운은 똥줄 좀 탄 것 같은 담천군의 얼굴에 폭소가 터질 것 같았지만, 힘겹게 겨우 참아 냈다.

그에 담천군은 애써 쓴웃음을 지었다.

"……하하, 이해해 주니 고마울 따름이네. 그래, 이런 일에 포상이 없으면 안 되겠지. 뭐 따로 원하는 것이 있는가?"

마음 같아서는 포상은커녕 엄벌을 내리고 싶었지만, 대내외적인 시선이 있는데 마교의 간자를 잡은 자에게 포상을 내리지 않을 수가 없었다.

"있습니다."

유신운은 의외로 곧바로 대답했다.

그 태도에 담천군은 속으로 유신운이 포상으로 바라는 것을 쉽사리 짐작할 수 있었다.

'분명히 내찰당의 수사 권한을 높여 달라 하겠지. 하지만 그것은 절대로 허락할 수 없다.'

담천군은 유신운이 포상으로 바라는 것이 당연히 그것뿐이리라 예상했다.

하지만 내찰당의 수사 권한이 커지면 더욱 많은 것을 파고들 터. 그러다가는 자신들의 흔적까지 발견할 수 있었다.

어떻게든 그것만은 막아 낼 생각이었다.

"말해 보시게."

하지만 다음 순간.

유신운은 예상을 전혀 벗어난 대답을 내뱉었다.

"창천무고(蒼天武庫)에 들어가고 싶습니다."

창천무고.

그곳은 금보당이 관리하는 무림맹의 보물 창고로 여태껏 무림맹이 획득한 온갖 뛰어난 무공들과 진귀한 영약들, 그리고 보구들을 보관하는 곳이었다.

무림맹주의 허락이 없으면 창천무고의 어떤 것도 반출이 엄금된다.

담천군은 전혀 예상 밖의 대답에 유신운을 지그시 쳐다보다가, 그의 말이 진심이라는 것을 깨닫고 속으로 유신운을 비웃었다.

'쯔쯔, 저놈도 별수 없군.'

누구에게나 있는 참을 수 없는 욕망.

유신운은 그것이 무공과 병기에 있었던 것이다.

훗날 유신운을 회유할 수 있는 단서를 찾았다고 생각한 담천군은 의미심장한 미소를 지어 보였다.

그러곤 이내 유신운에게 말을 꺼냈다.

"그 정도야 쉽지. 금보당주에게 미리 말을 해 놓을 것이니, 내일 동이 트거든 창천무고에 들르도록 하시게."

"감사합니다."

"그래, 그럼 지난 업무로 피곤할 터인데 이만 돌아가 푹 쉬시게나."

"예, 그럼 이만 가 보겠습니다."

유신운이 꾸벅 인사를 마치고 방을 나갔다.

싸아.

싸늘한 침묵이 내려앉아 있던 맹주실의 한편에서 모습을 감추고 있던 누군가가 제 정체를 드러냈다.

화산파의 적양자였다.

"심기가 대단한 놈으로 보았거늘. 그래 보았자 아직 애송이인 것을 숨길 수 없는 모양입니다."

"한낱 보구와 영약 따위로 정체된 구간을 돌파하려는 것만큼 한심한 짓거리가 없는 법이거늘."

적양자의 말에 담천군이 한쪽 입가를 말아 올리며 비소를 지어 보였다.

"이리 끝나게 된다면 오히려 잘된 것도 같습니다. 이번 기회에 공동을 더 확실히 통제할 수 있게 되었으니 말입니다."

담천군이 고개를 끄덕였다. 일리가 있는 말이었다.

이번 추문을 덮기 위해 천강진인은 적양자와 담천군에게 무조건적인 충성을 맹세하였다.

그러던 그때 적양자가 화제를 돌렸다.

"그건 그렇고 이공자와 삼공자가 달포 뒤에 있을 사파련과의 ……에서 일을 꾸미는 것 같습니다."

"자세히 말해 보게."

이공자와 삼공자란 이세천과 위무영을 의미했다.

적양자에게 둘의 계획을 상세히 설명 들은 담천군의 눈에 이채가 떠올라 있었다.

"위무영, 그 멍청한 놈의 머리에서 나온 것치고는 나쁘지 않은 계획이군."

"예, 교의 계획과도 일치하니. 이번 ……에서는 그야말로 일석삼조를 취할 수 있을 것 같습니다."

"그래, 칠대세가의 이탈을 촉진시키고 사파련과의 전쟁을 앞당길 수 있으며……."

담천군이 유신운이 나간 닫힌 문을 바라보았다.

"……저놈의 목을 칠 수 있을 테니 말이야."

그의 눈에서 진득한 살기가 번들거리고 있었다.

"휴우!"

맹주실을 나오자마자 유신운은 깊은 숨을 내쉬었다.

맹주실 내에서는 아무렇지 않은 척했지만, 담천군은 결코 가벼이 볼 상대가 아니었다. 아니, 더 현실적으로 보자면 지금의 자신은 아직 그를 이길 수 없었다.

'……백이랑과 비교할 수 없이 강하다. 필시 현경의 끝자락에 도달해 있어.'

현경의 끝에서 생사경(生死境)의 실마리를 찾아내고 있는 경지.

'혼돈을 쫓는 자'가 발동된다고 해도 지금의 그로서는 결코 상대할 수 없는 격차였다.

하지만.

그렇다고 유신운은 그 차이에 절망 따위를 하고 있지는 않았다.

'이미 계획은 순조롭게 진행되고 있으니까.'

무공, 사령술, 자연력.

세 가지 모두를 향상시킬 준비는 이미 끝마친 지 오래였다.

그 모든 것이 완성이 되는 순간이 오면 담천군이 아닌 뱀눈깔의 교주가 온다고 하더라도 무섭지 않으리라.

유신운이 그렇게 전의를 불태우던 그때였다.

"이잇! 네놈이 왜 맹주실에서 나오는 거냐!"

갑자기 쏟아지는 호통에 귀가 따가웠다.

유신운이 눈살을 찌푸리며 옆을 바라보자 허공에 둥둥 뜬 새빨간 딸기가 보였다. 그건 다름 아닌 얼굴이 시뻘게진 천강진인의 코였다.

'보아하니 맹주에게 털리러 왔나 보군'

그간 고생이 심했는지 눈 밑이 거무스름하게 그늘져 있었다.

그러던 그때 천강진인과 눈이 마주치자 시스템 메시지가 떠올랐다.

[탐혼의 깃이 닿았던 상대입니다.]
[결과를 재확인하시겠습니까?]

이전에 육혼번의 탐혼의 깃 사용해 그의 정보를 확인했기 때문이었다.

'뭐 결과는 똑같을 테니 다시 볼 필요는 없지.'

결론부터 말하자면, 천강진인은 그의 예상대로 혈교의 간자가 맞았다. 그의 무골을 포함해 배운 무공에 마공이 섞여 있었던 것이다.

하지만 그렇다면 자연스레 의문이 남게 된다.

그가 왜 천강진인을 처벌하는 것에서 한 발짝 물러난 것일까에 대한 것이었다.

유신운이 콧김을 씩씩거리는 천강진인을 지그시 바라보았다. 무슨 이유에선가 그의 두 눈에 이채가 떠올라 있었다.

"뭘 그리 빤히 쳐다보는 거냐! 날 희롱하는 것이냐!"

천강진인이 화를 쏟아 냈지만, 유신운은 아무런 반응 없이 그를 지나쳐 걸어갔다.

끝까지 자신을 무시하는 유신운에게 천강진인은 몸을 부들부들 떨 정도로 분노했다.

"이놈! 치욕은 잊지 않겠다! 기필코 되갚아 주겠다!"

그의 고함이 복도에 울려 퍼지자, 유신운이 슬며시 그를 뒤돌아보았다.

움찔하는 천강진인에게 유신운이 의미심장한 미소를 지으며 말했다.

"뭐, 앞일은 좀 더 지켜보는 것이 나을 듯하군."

"뭐? 그게 무슨 말이냐!"

하지만 유신운은 그의 말에 대답하지 않은 채 다시 몸을 돌렸다.

'치욕을 갚아? 네가?'

유신운은 우스울 따름이었다.

천강진인은 이제 조금만 시간이 흐르면 자신에게 복수는커녕 사소한 명령조차 거역할 수 없게 된다.

탐혼의 깃을 그에게 사용하던 순간, 새롭게 얻은 스킬을 그에게 시전해 놓았기 때문이었다.

정신적으로 붕괴된 상태의 적에게 사용하면, 천천히 그의 영혼을 세뇌하여 자연스럽게 자신의 충실한 노예로 만드는 '영혼 복종'이 바로 그것이었다.

유신운이 천강진인을 더 이상 물고 늘어지지 않은 이유.

'넌 혈교의 간자가 될 것이다.'

그건 바로, 이미 그자가 자신의 손바닥에 놓여 있기 때문이었다.

살을 벨 듯한 삭풍이 험준한 준령을 타고 휘몰아치고 있었다.

산봉우리가 끝없이 이어지는 천험의 산맥.

그 장엄한 모습에 경외와 공포를 느낀 사람들은 이곳을 십만대산(十萬大山)이라 일컬었다.

십만대산의 산중 가장 깊은 곳.

마인들의 성지(聖地)가 자리하고 있었다.

바로 천마신교였다.

이른 아침부터 혈마궁(血魔宮)에 비릿한 피비린내가 넘쳐흐르고 있었다.

흔들거리는 등불 아래로 비치는 방바닥에 수십 갈래로 찢긴 시체들이 깔려 있었다.

그러던 그때였다.

"킬킬, 너의 말은 이런 것인가."

음산한 괴소가, 듣는 이로 하여금 소름을 돋게 하는 목소리가 울려 퍼졌다.

정체를 알 수 없는 노인이 자신의 앞에 무릎을 꿇고 있는 한 중년인에게 흉험한 마기를 뿜어내고 있었다.

공포에 질려 있는 중년인은 노인이 입을 열자 사시나무처럼 몸을 떨기 시작했다.

"교가 갖은 노력으로 30년에 걸친 훈련을 시키고, 2년 동안 사전 작업을 한 끝에 극비리에 무림맹에 잠입시킨 십육객(十六客)이 애송이 신임 당주에게 발각당했단 말이지."

"제, 제발 자비를 부탁드립니다. 부디 이, 이번 한 번만 용서해 주신다면 제 모든 것을 바치겠습니다."

노인의 말이 끝나자, 중년인은 고개를 들며 애원하듯 빌기 시작했다.

중년인은 아직 죽고 싶지 않았다. 주변의 이 끔찍한 참극은 모두 눈앞의 노인의 단 한 수에 의해 일어난 결과였다.

하지만 노인의 눈에는 아무런 감정도 담겨 있지 않았다.

그때 노인이 중년인의 앞으로 성큼 다가갔다. 그러곤 덜덜 떨고 있는 사내의 머리에 살포시 자신의 손을 얹었다.

"흑비(黑秘)."

그가 누군가의 이름을 부르자 어둠 속에서 온몸을 흑의로 감싼 존재가 나타났다.

모습을 드러낸 흑비를 향해 노인이 말을 꺼냈다.

"이자와 내가 함께한 것이 얼마나 되었지?"

"……북궁해를 주살할 때부터 함께하셨으니 올해로 30년째입니다."

"30년이라…… 꽤나 오랜 시간이군."

두 사람의 대화에 중년인의 표정이 조금 밝아졌다. 일말의 희망이 생긴 것이다.

"그래, 그동안 함께한 세월을 있으니 용서해 주지."

"가, 감사합니……!"

생각지 않은 노인의 말에 중년인이 감사를 표하려던 그때였다.

콰득!

섬뜩한 소리와 함께 머리에 올리고 있던 노인의 손이 중년인의 머리를 수박처럼 쪼개 버렸다.

쿠웅.

머리를 잃은 몸뚱이가 바닥에 힘없이 쓰러졌다.

그 모습을 보며 노인은 특유의 괴소를 다시 터뜨렸다.

"킬킬, 항상 느끼는 거지만 희망이 떠오른 얼굴을 터뜨리는 것이 가장 재밌단 말이야."

잔혹한 살인을 저지르고도 노인은 일말의 죄책감도 느끼지 않는 듯했다.

　그때 노인의 두 눈에 광기가 번들거렸다.

　"흑비."

　"예."

　"살문에게 사냥감이 있다고 연통을 보내라. 원하는 것은 무엇이든 주겠다고 전해라."

　"존명!"

　말이 끝나자마자 흑비가 방에서 사라지고, 방 안에는 시체들과 노인만이 남았다.

　그득, 그득.

　천마신교의 부교주 광마(狂魔) 천진중(天眞重)이 뽑아낸 두 눈알을 손안에서 굴렸다.

　'내찰당주 유신운이라……'

　그러곤 이내 자신의 계획을 망친 벌레를 떠올리며.

　콰직!

　손안의 눈알을 터뜨려 버렸다.

　같은 시각.

　'아오, 왜 또 귀가 이리 간지러워.'

유신운은 귀를 후비며 속으로 생각했다.

근래에 이렇게 귀가 간지러운 일이 많았다.

순간, 그의 눈이 샐쭉하게 떠졌다.

어떤 놈들이 자신의 험담을 쏟아 내고 있는 것이 분명했다.

그리고 그럴 가능성이 가장 높은 놈들은.

'분명히 후기지수 놈들이겠군. 요새 훈련을 살살해 줬더니 또 군기가 빠진 모양인데. 얼른 조지러 가야겠어.'

유신운이 그렇게 죄 없는 내찰당원들을 조질 계획을 짜고 있을 때.

"괜찮으십니까?"

귓전에 누군가의 목소리가 들려왔다.

유신운이 불현듯 정신을 차리자 눈앞에 무림맹 소속의 무사가 자신을 이상한 눈빛으로 쳐다보고 있었다.

유신운은 동이 트자마자 창천무고로 곧장 향해 있었다.

"아아, 별일 아니다. 듣고 있었으니 하던 말, 마저 하도록."

유신운이 말을 하자 창천무고의 문지기 무사가 못마땅하다는 듯 헛기침을 두어번 하고, 이내 말을 이어 나가기 시작했다.

"크흠! 앞서 말했듯 창천무고는 영약동, 보구동, 무서동의 세 개의 동으로 나뉘어 있습니다. 그리고 그 안에 있는 모든 물건들은 천, 지, 인의 세 가지 등급으로 이루어져 있습니다. 잘 들으셨다고 했으니, 여쭙겠습니다. 제가 맹주님이 그중 몇 점을 가져가는 걸 허하셨다고 했죠?"

문지기 무사의 질문에 머리를 갸웃하던 유신운이 말을 꺼냈다.

"음, 원하는 만큼?"

"……무슨 말씀을 하시는 겁니까. 천급으로는 1개, 지급으로는 2개, 인급으로는 3개까지 원하시는 것을 가져가라 하셨다 하지 않았습니까……."

문지기 무사의 말에 유신운이 쩝 하고 입맛을 다시며 말을 꺼냈다.

"까비."

"……."

문지기 무사는 할 말을 잃어버렸다.

끼이익!

창천무고의 거대한 양쪽 문이 활짝 열리고, 유신운이 안으로 들어섰다.

'오오!'

유신운의 눈이 반짝반짝 빛나고 있었다.

그의 눈앞에 나타난 것은 화려한 무구들의 향연이었다.

처음 들어선 곳은 보구동이었다.

모든 무구들 위에 놓인 종이에 물품의 이름과 천지인의 세

가지 등급이 적혀 있었다.

아쉽게도 친절한 설명 따위는 없었지만, 유신운에게는 중요치 않았다.

'어디 한번 제대로 봐 볼까.'

유신운에게는 인터페이스 시스템이 존재하기 때문이었다.

유신운은 차례로 천급, 지급, 인급의 무구들을 하나씩 살펴보았다.

[투왕권갑(鬪王拳甲)]

　종류 : 무구

　등급 : S-

100년 전, 사파의 일대 권호였던 투왕 야맹승이 사용했던 권갑. 모든 기운을 흡수하는 흑사귀철로 만들어진 덕분에 권사가 사용하면 권법의 성능이 파괴적으로 증대된다.

[화검(火劍) 유회(有灰)]

　종류 : 무구

　등급 : A

화령의 정기가 깃든 요검. 기운을 주입하면 열화지공을 배우지 않았음에도 화기를 다룰 수 있게 된다.

쭉 살펴본 결과 천급은 S급 이상, 지급은 A급 이상, 인급은 B급 이상으로 분류되었다.

한 단계 차이에 불과하지만, 스킬 레벨과 마찬가지로 보구의 한 등급의 차이 또한 엄청난 격차를 지니고 있었다.

당연히 선택할 것이라면, 천급을 고르는 것이 맞았다.

하지만 유신운은 보고 있던 천급에서 눈을 돌렸다.

그는 놀랍게도 인급의 보구들이 놓여 있는 곳으로 발걸음을 돌렸다.

완벽하게 각을 세워 놓은 천급과 지급 물품들과 달리 인급의 보구들은 아무렇게나 산더미처럼 쌓여 있었다.

'흐음, 여기에 있을 텐데…….'

유신운이 인급 물품들을 뒤적거리기 시작했다.

우당탕 소리가 시끄럽게 나자 바깥의 문지기 무사가 발을 동동 구르는 소리가 귓전에 들려왔다.

그러던 그때였다.

"야쓰!"

유신운이 쾌재를 불렀다.

그의 손에는 중원의 것이 아닌 이국적인 갑주가 들려 있었다.

왠지 모를 귀기가 넘실거리는 그 갑주는 다름 아닌 바다 건너에 있는 동영(東瀛 : 일본)의 물건이었다.

유신운이 갑주를 보고 미소를 지어 보이며 속으로 생각했다.

'후후! 멍청한 놈들, 이걸 인급에 처박아 두다니.'

사실 유신운은 들어오기 전에 이미 가지고 갈 물건을 모두 정해 놓은 상태였다.

혈교가 무림맹을 장악한 후 가장 먼저 한 일이 바로 창천무고를 터는 것이었다.

모든 물품을 본궁에 옮기면서 그들은 창천무고에 있던 물건들을 처음부터 다시 재분류하기 시작했다.

그리고 그 과정 속에서 무림맹이 전혀 알아채지 못한 막대한 가치를 지닌 보물들이 발견되었다.

그중 하나가 유신운의 손에 들린 '백귀갑(百鬼甲)'이었다.

백귀갑을 문 앞에 옮겨 놓은 유신운은 다시 창천무고의 안쪽으로 이동하기 시작했다.

'이걸로 보구동은 끝났고, 이제 무서동인가.'

무서동으로 넘어가자 분위기가 완전히 달라졌다.

수없이 줄 세워진 서가에 수없이 많은 서책이 꽂혀 있었다. 보기만 해도 먹물 향이 풍겨 나오는 듯했다.

이곳에서도 마찬가지로 천지인의 삼급으로 무공비서들이 분류되어 있었지만.

파바밧!

바람처럼 몸을 날린 유신운은 보구동 때와 달리 순식간에 할 일을 끝마쳤다.

그의 손에 하나의 서책이 들려 있었다.

혈교는 창천무고의 무서동을 한 단어로 이렇게 표현했다.

'쓰레기통.'

강호에 손꼽힐 만큼 방대한 무서를 보유한 무서동에 무슨 말이냐고 하겠지만, 이곳을 자세히 들여다보면 그들의 말이 틀린 게 하나 없다는 걸 알게 될 것이다.

본래 처음 무림맹이 창맹되었을 때만 해도, 구파일방의 장문인들과 칠대세가의 가주들이 본인들의 진산절기를 가져와 무서동에 기부했다.

마교를 상대하기 위해 자신들의 정화를 공유하기로 결정한 것이다.

하지만 마교와의 전쟁이 끝난 후, 후예들은 그들의 절기가 무서동에 있는 것이 영 마음에 들지 않았다.

그래서 구파일방과 칠대세가는 무서동에 기부했던 무서들을 모두 다시금 회수했다.

그리고 그러는 와중에 새롭게 장로의 자리에 오른 이들이 무서동에 있는 값진 무서들까지 추가로 자신들의 문파로 빼돌리기 시작했다.

그런 세월이 오랫동안 지속되자 무서동에는 제대로 된 무공이 하나도 남지 않았다. 이름만 남아 있을 뿐, 실제로는 존재하지 않는 무서들로 가득해진 것이다.

⋯⋯하지만 무림맹의 어느 누구도 알지 못했다.

'이 창천무고에 소름끼치는 마서가 존재했다는 걸.'

유신운의 손에는 신생론(新生論)이란 제목이 적힌 정체를 알 수 없는 비급서가 들려 있었다.

　유신운이 비급서의 내용을 살폈다.

　세세하게 살펴보아도 신생론은 양생에 도움이 되는 흔하디흔한 도가의 서책에 불과했다.

　잘못 찾은 것이 분명해 보였다.

　그러나.

　유신운은 전혀 실망한 표정이 아니었다.

　'자, 어디 한번 맞는지 봐 볼까.'

　스극.

　순간 그가 비급서의 제목을 손톱으로 살짝 긁기 시작했다.

　그러자 놀랍게도 제목부가 떨어지더니, 이내 감춰진 새로운 제목이 나왔다.

　시강론(尸僵論).

　유신운이 다시 서책을 펼쳐 보았다.

　그러자 서책에는 놀랍게도 이전과는 전혀 다른 내용이 담겨 있었다.

　온갖 시체 그림이 즐비하였다.

　그랬다. 이 비급은 혈교에서조차 존재하지 않았던 '강시' 제작의 모든 것이 담긴 서책이었다.

　시강론을 바라보는 유신운의 눈에 복잡한 감정이 담겼다.

　'이것 때문에 정말 수많은 이들이 고통받았지.'

사실 유신운이 담천군에게 포상으로 창천비고에 들어가게
해 달라한 것은 이 시강론을 혈교에게서 빼앗기 위함이 가장
컸다.

 이 시강론을 통해 혈교가 만들던 강시들의 완성도가 폭발
적으로 성장했으며.

 인간이 아닌 '그것'들을 강시로 만들 수 있게 되어 피해가
걷잡을 수없이 커졌다.

 질끈 감은 유신운의 눈앞에 혈교가 일으켰던 참극의 현장
이 다시금 떠올랐다가 사라졌다.

 '이번에는 내가 반대로 그것들로 너희들의 목을 조여 주
마.'

 유신운이 천천히 감은 눈을 떴다.

 이어 그가 떼었던 신생론의 제목부를 다시 서책에 붙였다.

 술법이 존재하는 것인지, 신기하게도 떼었던 흔적 없이 그
대로 서책에 붙었다.

 서책의 내용도 이전의 양생에 관한 평범한 내용으로 뒤바
뀌었다.

 품속에 시강론을 챙긴 유신운은.

 '자, 그럼 마지막으로 가 볼까.'

 창천무고의 마지막인 영약동으로 들어갔다.

2장

영약당에 들어서자 방 안에 가득한 약재 냄새로 유신운의 코가 뻥 뚫렸다.

'대단하긴 대단하군.'

유신운은 주위를 둘러보며 감탄을 쏟아 냈다.

창천무고의 세 개 동 중 영약동은 확실히 규모가 남달랐다.

세 곳 중 가장 심혈을 기울이고 있는 곳이 바로 이곳 영약동이었다. 진귀한 영약이 많을수록 강한 무인을 양성하는 데 실질적으로 큰 도움이 되기 때문이었다.

하나 유신운은 이내 쩝 하고 혀를 차며 입맛만 다실 뿐이었다.

'아무리 좋은 게 많으면 뭐 하나. 무엇 하나 내 것이 아닌데.'

마음 같아서는 아공간에 이곳의 영약이란 영약을 모조리 집어넣고 싶었다.

하지만 그랬다가는 무림공적이 되어 쫓기게 되리라.

말로만 듣던 천라지망이 자신에게 펼쳐지게 될 것이다.

작은 한숨과 함께 유신운이 안쪽으로 걸어 들어갔다. 천급과 지급을 거쳐 인급의 영약들이 모여 있는 곳으로 향했다.

유신운이 뚱한 얼굴로 인급의 영약들을 살피기 시작했다.

'흠, 인급의 영약은 뭐 그게 그거라.'

한데 그럴 수밖에 없었다.

사실 앞의 두 개의 물품은 정말 중요한 물건들이라 다른 선택지가 없었지만, 영약의 경우는 선택지가 많아 그나마 나은 것을 추려 왔기 때문이었다.

유신운은 인급의 영약으로 무당파의 소청단을 생각하고 왔다. 소청단은 무당파의 보물인 태청단의 열화판이었다.

소림사의 소환단보다 떨어지는 성능을 지닌 소청단이지만, 인급의 영약 중에서는 그나마 가장 좋은 효능을 지니고 있었다.

주변을 뒤적거리던 유신운은 오래 되지 않아 소청단을 찾아내었다.

하지만 그는 막상 찾고 나자 무언가 아쉬움이 남았다.

'흐음, 차라리 뇌기를 상승시키는 영약을 가져갈까.'

시스템창으로 확인하자 생각보다 더 낮은 소청단의 등급이 영 만족스럽지가 못했던 것이다.

그렇게 고민이 깊어지던 찰나였다.

'으응?'

순간 그의 기감을 아련하게 훑고 지나가는 기운이 있었다.

너무나도 익숙하고 친숙한 기운이었다.

유신운은 들고 있던 소청단을 있던 곳에 내려놓은 후, 의문의 기운이 풍겨나는 곳으로 자연스레 걸음을 옮겼다.

가까이 다가갈수록 느껴지는 기운은 더욱 선명해졌다.

'……어떻게 여기서 이 기운이?'

마침내 유신운이 발원지를 찾아냈다.

그의 눈앞에는 먼지가 잔뜩 쌓인 작은 함이 놓여 있었다.

창천무고에 입고된 후, 단 한 명의 손도 타지 못한 듯했다.

유신운이 조심스럽게 함을 열자 손가락 한 마디 크기의 단환 3개가 들어 있었다.

그러자 단환들에서 더욱 선명한 '동화선기'가 풍겨져 나왔다.

아직까지 어느 곳에서도 찾지 못했던 동화선결과 이어지는 단서가 눈앞에 나타난 것이다.

유신운은 곧장 시스템창을 눈앞에 띄워 보았다.

[알 수 없는 단환]
종류 : 영약, '?'
등급 : ?
모든 것이 베일에 싸인 미지의 단약. 질은 선기가 담겨 있
다.

'쳇, 역시 이리 쉽게는 안 된다는 건가.'
유신운이 내용을 보고는 혀를 찼다.
이름부터 종류, 등급 모든 것이 물음표로 숨겨져 있었다.
하나 그는 포기하지 않고 함의 앞에 붙어 있는 무림맹의
설명지를 확인했다.

[무명단환]
등급 : 인급.
효과 : 불분명 / 1년 정도의 내기 상승, 독기 정화에 효험이
있을 것으로 판단.
입수지 : 종남산 수죽촌.

입수지를 확인한 유신운의 눈에 이채가 떠올랐다.
'……종남산이라.'
종남산은 섬서성에 있는 산으로 이름부터 알 수 있듯이,
화산파 파벌의 일원인 종남파가 위치한 곳이었다.

종남파는 대표적인 속가의 무문이었기에, 구파일방 중에서도 매우 호전적인 문파였다.

　그들은 자신들의 허락 없이 외인이 종남산을 들쑤시는 것을 절대로 가만 놔두지 않았다.

　게다가 섬서성은 담천군과 적양자의 화산파도 자리를 잡고 있는 곳이 아니던가.

　그야말로 적진의 한복판이었다.

　하지만.

　'그럼에도 가야 해.'

　유신운은 그런 위험을 감수하고라도 근시일 내에 종남산을 가겠다는 목표를 세웠다.

　동화선기는 그만큼 포기할 수 없는 가치를 지니고 있었다.

　유신운이 찾아내었던 동화선결은 후반부가 파손되어 있었다.

　그런 탓에 불완전한 무공을 자신의 마나 회로와 결합하여 신운류로 재탄생시켰지만, 초절정 등급에 불과했다.

　만일 동화선결이 어디서, 누구에게서 왔는지 그리고 어떤 무공인지 정확한 정체를 알아낼 수 있다면.

　분명히 자신의 동화선기를 지금보다 몇 단계는 더 진화시킬 수 있으리라.

　'뭐, 다른 이름이야 최근에 만들어 놓았으니까.'

　그렇게 생각하며 유신운은 본래의 계획과 달리 마지막 인급 물품으로 무명단환을 챙겼다.

'자, 그럼 이제……'

이제 고른 3가지의 물품을 모두 챙겨 문지기에게 신고를 할 차례였다.

통통.

한데 그때였다.

곧바로 나가리라 생각했던 유신운이 갑자기 엉뚱한 행동을 벌이기 시작했다. 영약동의 주위를 돌아다니며 바닥의 곳곳을 발로 두드리기 시작한 것이다.

그는 진지한 얼굴로 들려오는 소리에 집중하고 있었다. 마치 수박을 고를 때 손가락으로 튕겨 보는 것 같았다.

토통!

그러던 그때 유신운은 유독 다른 소리가 들려온 한 곳에 멈춰 섰다.

'찾았다.'

유신운이 눈을 빛냈다. 고개를 돌려 주위를 한 번 살핀 유신운이 작게 뇌까렸다.

"악몽의 영역."

스킬을 시전하자 그의 몸에서 음의 마나가 일렁였다. 곧이어 넘실거리던 음의 마나가 그가 발을 대고 있는 지면에 스며들기 시작했다.

회색의 바닥이 보랏빛으로 아른거리다가 어느새 본래의

색으로 돌아갔다.

'두더지 덫이 제대로 깔렸군.'

유신운은 그렇게 의미를 알 수 없는 말을 남긴 후, 3가지 물건을 모두 챙겨 창천무고 바깥으로 나갔다.

느닷없이 날아든 충격적인 소문으로 인해 강호의 전역이 들썩이고 있었다.

무림맹과 사파련 간의 친선비무대회가 개최된다는 소식이 었다.

구룡방이 멸문하며 정사대전이 벌어지는 것이 아닌가 걱정하고 있는 이 시점에 무슨 친선비무대회냐며 사람들은 아무도 믿지 않았지만.

얼마 지나지 않아 무림맹과 사파련이 한날한시에 공식적으로 사실을 인정하고 날짜와 장소 그리고 대회 방식을 공표하자, 모두 충격에 휩싸였다.

날짜는 달포 후.

개최 장소는 감숙성(甘肅省)의 난주(蘭州)로 정해졌다.

감숙성은 꽤나 상징적인 장소였다.

공동파와 사파련의 십패(十覇) 중 하나인 사자회(獅子會)가 맹렬히 세를 겨루고 있는 전국에서 가장 치열한 격전지였기 때문이었다.

대회 방식은 두 가지가 동시에 진행되었다.

본비무는 각 무림맹과 사파련의 장로급 대표 3명으로 구성된 대장전.

부비무는 선별된 후기지수들 30인씩이 출전하여, 총 60인이 최종 1위를 가리는 승자 진출전이었다.

본래 정사 간 무인들의 비무는 일반인들에게 공개가 되지 않지만, 이번에는 이례적으로 관객을 받겠다고 하자 사람들은 열광을 보냈다.

취지는 무림맹과 사파련 간의 경색된 관계를 개선하기 위함이라 하였지만, 어느 누구도 믿지 않았다.

이것은 합법적인 전쟁이나 다름없었다.

곧이어 양쪽에서 달포 후 출전할 명단이 발표되었다.

한데 무림맹의 발표에 정사를 포함한 모든 이들이 깜짝 놀랐다.

본비무에 임하는 3명 중에 다름 아닌 내찰당주 유신운이 포함되어 있었던 것이다.

"……이거 이게 맞나?"

"크흠, 듣자 하니 상대는 사파련주의 후계자와 십패의 패주 2명이 나온다던데."

"……쯧, 대공자와 모용가주를 믿어 볼 수밖에."

무림맹도들은 최근 유신운의 활약을 알고 있었지만, 그의

무공 실력에 대해서는 의문을 지니고 있었기 때문에 대부분
우려를 표하고 있었다.

　하나 그러던 그때 공문을 확인하고 다른 사람들과 전혀 다
른 반응을 보이는 무리가 있었다.
　그건 바로.
　"⋯⋯아, 개망했다."
　내찰당원들이었다.
　그들은 두려움에 사시나무처럼 제 몸을 떨고 있었다.
　벽보를 보는 순간 당주의 사악한 미소가 떠올랐다.
　단언컨대 자신들을 조질 합법적인 명분을 찾아낸 것에 기
뻐하고 있으리라.
　⋯⋯아니나 다를까 곧이어 유신운의 호출 명령이 떨어졌다.

　그리고 이튿날.
　낙양의 근방에 있는 언사(偃師)의 굽이지고 험한 산속에.
　두두두두! 그드드득!
　"끄윽, 끅!"
　"크억!"
　거대한 소음과 해괴한 신음이 함께 울려 퍼지고 있었다.
　신음의 주인공은 10인의 내찰당원들이었다.
　그들은 어찌나 고생을 한 건지 온몸이 온통 흙먼지와 땀으

로 범벅이 되어 있었다.

그들은 극한까지 쌓인 피로로 눈이 풀린 채, 어깨에 여러 겹으로 꼬아진 두꺼운 줄을 움켜쥐고 산을 오르고 있었다.

팽팽히 당겨진 10개의 줄 끝에는 놀랍게도 '배' 한 척이 묶여 있었다.

그리고.

철괴목이라 불리는 특제 통나무로 만들어진 그 조악한 배 위에.

'나는 관대하다.'

유신운이 당하린, 제갈군과 함께 평온하기 그지없는 모습으로 당당히 서 있었다.

내찰당원들은 인간 파도가 되어 유신운이 탄 배를 산 정상으로 옮기고 있었다.

'대련, 대련을 다오.'

'크흑, 무공을 쓰고 싶어.'

'……크엉, 무공을 배웠는데 왜 쓰지를 못하니.'

그들은 속으로 피눈물을 흘렸다.

당연하게도 무공은 쓸 수 없는 상황에서 좌우 다리에 하나씩 철환을 추가시켜 놓고.

유신운, 저 미친 작자가 천근추를 이용해 자신의 무게를 높여 버린 것이다.

가공할 무게 때문에 통나무가 닿는 지면이 움푹 파이고 있었다.

어제 그들이 유신운의 호출을 받고 내찰원에 도착하자, 유신운은 그들에게 이 끔찍한 산선(山船)을 소개했다.

그러곤 할 말을 잃은 그들의 정신을 붕괴시키는 한마디를 내뱉었다.

-달포 안에 너희들을 사람으로 만들 방법은 하나뿐이다.

-……그게 뭡니까?

-지금보다 배로 빡세게 굴리는 것이다!

-……오, 원시천존이시여.

그렇게 반 시진을 더 올라가자, 드디어 넓은 정상에 당도할 수 있었다. 산의 정상은 나무 한 그루, 돌 한 덩이 없이 텅 비어 있었다.

끝나지 않을 것 같던 산선의 항해가 끝이 난 것이다.

내찰당원들이 모두 쥐고 있던 줄을 던져버리고, 지면에 몸을 뉘었다. 가만히 누워 있는 것이 이런 행복감을 주는지 그들은 평생 몰랐다.

한데 그렇게 모두의 얼굴에 미소가 번지던 그때였다.

"어쭈? 니들 뭐 하냐 지금?"

냉기가 뿜어지는 듯한 유신운의 냉혹한 목소리가 들려왔다.

'히익!'

모두의 등줄기에 소름이 돋아왔다.

누워 있던 내찰당원들이 후다닥 몸을 일으켰다.

"하아, 니들 뭐 나한테 반항하는 거야?"

"아, 아닙니다! 훈련이 끝이 나서 쉬고 싶었습니다. 죄송합니다!"

"끝이 나? 뭐가 끝이 나?"

"……예?"

저게 갑자기 무슨 말인가?

주위를 둘러보아도 어디에도 더 이상 올라갈 곳이 없었다.

내찰당원 모두가 표정에서 당혹감을 숨기지 못하던 그때.

스윽.

갑자기 유신운이 자신의 오른발을 높이 들어 올렸다가.

콰아앙─!

그대로 지면을 강타했다.

거대한 폭음에 내찰당원들이 화들짝 놀랐다.

……그런데 놀랄 일은 더 이어졌다.

콰가가가! 쩌저저적!

유신운이 발로 강타한 지면이 여러 갈래로 쪼개지기 시작하더니.

"……!"

"저, 저건!"

곧이어 악귀의 아가리를 연상시키는 커다란 구멍이 생겨났다. 그들의 눈앞에 숨겨져 있던 요괴굴의 입구가 모습을 드러낸 것이다.

　모두가 침을 꿀꺽 삼키던 찰나, 유신운이 환한 미소를 지으며 말을 꺼냈다.

　"뭐 해, 안 들어가고?"

　쿠웅!

　"아이고!"

　끝까지 버티던 덕광이 마지막으로 구멍 안으로 떨어졌다. 차오르는 고통에 엉덩이를 주무르고 있는 덕광을 제외한 나머지 인원들은 주위를 살폈다.

　"여긴 대체⋯⋯."

　"맹의 근처에 이런 곳이 있었다고?"

　그들은 놀람을 금치 못했다.

　구멍 안에 꽤나 넓은 동굴이 펼쳐져 있었던 것이다.

　동굴 속이었지만 동굴의 벽면 곳곳에서 빛이 새어 나오고 있었기 때문에 사방의 모습이 훤히 보였다.

　하지만 오랜 세월 동안 사람의 흔적이 전혀 닿지 않은 모습이었다.

'······당주는 이런 곳을 어떻게 아는 거지?'

차착!

그때 유신운이 여유롭게 착지를 하였다.

후다닥.

그러자 멍한 얼굴로 주위를 둘러보던 내찰당원들이 부리나케 오와 열을 맞추어 섰다.

영 못마땅하다는 표정으로 그들을 훑은 유신운은 품속에서 주머니를 하나 꺼내었다.

휘익, 휙.

그러곤 주머니에서 엄지손톱만 한 크기의 단환을 꺼내 10명 모두에게 던져 주기 시작했다.

'이건 또 뭐지······.'

내찰당원들이 불안함과 의심이 가득 담긴 눈초리로 유신운을 바라보았다.

"모두 먹어라. 산공독의 해독환이다."

'오오!'

생각지 않은 유신운의 말에 내찰당원들이 마음속에서 환호를 내질렀다. 그러곤 유신운이 마음을 돌릴까 얼른 단환을 꿀꺽 삼켰다.

경험상 또 다른 함정이 아닐까 싶었지만, 해독환을 삼키자 정말로 빠르게 내공이 모두 돌아왔다.

'보고 싶었다, 이놈들아.'

덕광은 눈물이 핑 돌았다.

내기가 돌아오자 엉덩이의 고통이 점차 사라졌다.

'아니, 어차피 줄 거면 떨어지기 전에 미리 줬으면 좀 좋나!'

덕광은 목구멍 끝까지 그 말이 치밀어 올랐지만.

"헤헤! 감사합니다, 당주님."

불온함이 느껴지자 냉혹한 눈빛을 쏘아 내는 유신운에 평상시처럼 어린 양의 모습으로 바뀌었다.

이내 시선을 돌린 유신운은 닫혀 있던 입을 열었다.

"이곳은 며칠 전 내가 우연히 발견한 요괴 소굴이다. 모든 요괴들을 소멸시키는 최후의 봉인만 제외하고, 동굴의 외부로 요괴들이 빠져 나갈 수 없는 상태까지 진행해 두었지."

"……그럼 저희들이 해야 하는 것이 바로?"

"그래, 너희들은 요괴들을 처치하며 이곳의 최심층까지 내려가 마지막 봉인을 성공시켜야 한다."

"오오!"

훈련의 내용을 들은 내찰당원들은 오히려 기뻐했다.

드디어 지금까지의 무식한 훈련과 달리 제대로 된 훈련다운 훈련을 할 수 있을 것 같았기 때문이었다.

후기지수들은 자신만만했다.

실전 연습이라고 하더니, 고작 이런 요괴 소굴로 자신들을 겁주려 한 것이었나.

순간, 당하린과 제갈군이 등에 메고 있던 짐 보따리를 각자 태일과 남궁호에게 건넸다.

그러고는 대신에 내찰당원들의 손발에 걸려 있던 철환들을 모두 수거했다.

무공에 이어 철환까지 제거해 주다니.

내찰당원들의 입꼬리가 찢어질 듯 올라갔다.

"자, 열흘분의 벽곡단과 물이 담긴 호리병이다. 제시간 안에 봉인을 해결하고 밖으로 탈출할 수 있도록."

짐 보따리에 담겨 있는 것은 최소한의 생존 식량이었다.

"하하, 열흘은 무슨 열흘입니까. 내일 보시죠."

"걱정 붙들어 매시죠. 저희 모두 양민 구조 활동으로 요괴라면 이미 충분히 상대해 보았습니다."

"저…… 혹시 당주님의 예정 시각보다 빨리 끝내면 그만큼 휴가를 주시는 거예요?"

잔뜩 신이 난 내찰당원들이 유신운에게 말을 꺼냈다.

그들은 어떠한 위기감도 보이지 않았다.

그 모습을 가만히 지켜보던 유신운이 의미심장한 미소를 지어 보였다.

그에 내찰당원들이 왠지 모를 섬뜩함을 느끼던 그때.

"뭐, 그럼 건투를 빌지."

유신운은 마지막 말을 끝으로 당하린, 제갈군과 함께 들어왔던 구멍으로 사라졌다.

유신운이 사라지자 동굴 안에 잠시간 침묵이 감돌았다.

그러던 그때 개방의 경초방이 좋은 생각이 났다는 듯 눈을 빛내며 말을 꺼냈다.

"크흠, 한 반 시진 정도 기다렸다가 우리도 저 구멍으로 빠져나가면……."

"걸려서 대가……가 아니라 머리를 박은 채로 산에서 내려와야겠죠."

모용미가 경초방을 한심하게 쳐다보며 대답했다.

"맞습니다. 저 악귀가 그런 잔꾀를 생각지 않았을 리 없죠. 아마도 구멍 옆에 진을 치고 있을지도 모릅니다."

"설마 그렇게까지 할…… 자이지, 후우!"

검지로 애채를 살짝 들어 올리며 팽승구가 말하자, 경초방이 이내 고개를 끄덕였다.

"게, 게다가 봉인도 아직 완성되지 않았다고 했잖아요. 보, 봉인을 해결하긴 해결해야 할 것 같아요."

정현의 말을 들은 모두는 탐탁지 않지만, 일단 이곳을 소탕하자는 쪽으로 의견이 모였다.

"그럼 일단 퇴치하는 것으로 결정된 것 같으니, 조원끼리 진을 이루어 안으로 진입하도록 하지."

태일의 말대로 다섯 명씩 기본적인 진을 맞추어 동굴의 안쪽으로 진입하기 시작하였다.

좌아아! 파빗!

그들은 발소리도 감추지 않고 신법을 전력으로 발휘하며 거침없이 이동하고 있었다.

철환을 모두 제거하니 몸이 날아갈 것만 같았고, 내공이 돌아오자 자신감이 넘쳤다.

그들의 머릿속에는 조심해야 한다는 생각보다 최대한 빨리 끝내자는 생각밖에는 존재하지 않았다.

"그, 그래도 우리 조, 조금은 조심해야 하지 않을까요?"

"허허! 정현 시주, 요괴는 지성도 없는 한낱 미물. 우리의 소리를 듣고 나타나면 보이는 대로 성불시켜 주면 그만이외……."

곤륜의 정현이 영 불안하다는 듯 말하자, 덕광이 걱정 말라며 말을 하던 그때였다.

피융!

바람이 찢어지는 파공성과 함께 괴물체가 덕광에게 날아들었다.

"크헉!"

깜짝 놀란 덕광이 신음을 토해 내며 겨우 몸을 틀었다. 그러자 민머리 위를 무언가가 스치고 지나갔다.

파바밧! 파밧!

공격을 인지한 양 조원들이 모두 이동을 멈추었다. 그러곤 빠르게 흩어지며 상황을 판단했다.

덕광이 따끔거리는 정수리를 만져 보자 피가 묻어 있었다.

얼른 등 뒤의 벽을 확인하자 날아든 물체가 박혀 있었다.

"……화살?"

모두는 당황을 금치 못했다.

활을 쓰는 요괴라니 듣도 보도 못했기 때문이었다.

"온다!"

청성의 섭웅의 외침과 동시에.

피유웅! 피융!

쐐애액! 쐐액!

수많은 화살이 쏟아지기 시작했다.

그들은 어느새 뽑아 든 각자의 무기를 휘두르며, 비처럼 쏟아지는 화살들을 튕겨 내기 시작했다.

반으로 쪼개진 화살이 지면에 떨어져 내렸다.

처음에야 당황해서 공격을 허용했지만 그들은 각 문파에서 내로라하는 후기지수들이었다.

단 하나의 화살도 그들의 몸에 스치지 못했다.

하지만 그들의 표정은 전혀 밝지 않았다.

그 이유는 간단했다.

'……이건 말도 안 돼.'

'……어떻게 화살에 내기가 담겨 있는 거지?'

날아드는 화살에 다름 아닌 내기가 담겨 있었기 때문이다.

내기를 사용할 수 있는 요괴라니.

그런 괴물 따위가 존재할 리가 없다고 현실을 부정하던

찰나.

처척. 처처척.

"저건……!"

"무량수불!"

그들의 눈앞에 정체를 알 수 없는 '해골 요괴'들이 나타났다.

텅 빈 동공에서 도깨비불을 내뿜는 놈들은 각자 활을 포함한 수많은 냉병기를 들고 있었다.

모습을 드러낸 놈들의 숫자는 내찰당원들의 배에 달하는 20마리였다.

"……소심아, 저것들 정체가 대체 뭐야?"

황보동이 정현에게 물었다.

모두의 귀가 정현에게 향했다. 곤륜은 예부터 요괴 퇴치와 가장 많은 연을 맺고 있는 문파였다.

"……저, 저도 모르겠습니다. 사문의 존장들께 저런 존재에 대해 들어 본 적이 없어요. 다만 짐작하자면 아, 아무래도…… 이곳에서 죽음을 맞이한 이들이 요괴의 혼과 합쳐진 것 같습니다."

"젠장, 그럼 약점 같은 건 모른다는 거군."

"시주, 그래도 화살에 담긴 내력을 보니 절정의 경지인 것 같기는 하나. 궁기나 검기는 사용하지 못하는 것 같으니 천천히 해치우면 될 듯합……!"

그러던 그때 궁병 골괴(骨怪)가 다시금 활시위를 당기기 시작했다.

우우웅!

활촉 끝에서 선명한 궁기가 모습을 갖추었다.

스아아!

그와 함께 한 발짝씩 다가서는 칼과 창을 든 골괴들의 무기에도 선명한 검기와 창기가 솟아올랐다.

덕광의 말이 끝나자마자 기다렸다는 듯 펼쳐진 광경에 내찰당원 모두가 덕광을 노려보았다.

"아, 아미타불."

파바밧! 채채챙!

식은땀을 흘리며 내뱉는 덕광의 불호와 함께 전투가 다시금 시작되고 있었다.

혈전이 펼쳐지던 그때.

'쯔쯔, 자신만만하더니. 내 이럴 줄 알았다.'

유신운은 기척을 감추고 어둠에 숨어 내찰당원들을 관찰하고 있었다.

빠져나간 줄 알았지만 당하린과 제갈군만 미리 무림맹으로 복귀시킨 후 유신운은 다시금 다른 통로를 통해 이곳으로 돌아온 것이다.

'그건 그렇고 얼마 만에 써 보는 스켈레톤들이냐. 휴, 그동안 사령술 마려워서 혼났네.'

유신운이 스켈레톤들을 조종하며 홀로 생각했다.

그랬다. 내찰당원들이 상대하고 있는 해골 요괴들은 유신운의 스켈레톤들이었다.

이곳은 요괴굴이 아니었다.

또 다른 미래에서 1년 후에 우연한 지진으로 발견될 텅 빈 동굴이었다.

그러나 유신운은 이곳이 요괴굴이라 그들에 말했고, 그들의 훈련에 스켈레톤으로 개입할 수 있게 만들었다.

이런 방법까지 쓰는 이유는 간단했다. 그들을 최대한 단시간 내에 강하게 만들어야 했기 때문이다.

'정사 비무 대회라니. 또 다른 미래에는 존재하지 않는 사건이 벌어졌어.'

그가 대장전에 참여하는 정사 비무 대회는 또 다른 미래에서는 없는 일이었다.

그런데 발생하였다는 것은 무림맹과 사파련에 숨어 있는 혈교의 간자들의 입김이 닿았다는 이야기였다.

이 일을 통해 그들이 바라는 것은 분명히 한 가지일 터였다.

'무림맹과 사파련간의 전쟁.'

무림맹과 사파련의 갈등을 격화시켜 최악의 상황까지 만드는 일이리라.

그리고 생각을 거듭해 보자 그렇게까지 사건이 격화될 만한 가장 큰 가능성 중 하나는.

'……사파련의 후기지수들에게 무림맹의 후기지수들이 단체로 궤멸에 가까운 피해를 입는 경우도 포함돼.'

친선 비무에서 수많은 젊은 제자와 후계자 들이 죽음을 맞이한다면, 그것을 명분으로 삼아 일대 사건이 벌어질 염려가 있었다.

그런 가능성을 없애기 위해 유신운은 사령술을 들킬 위험을 감수하면서까지, 내찰당원들을 단기간에 발전시키기로 결정한 것이다.

그리고 한 가지 이유가 더 있었다.

'……그리고 칠대세가 중에 혈교의 간자가 있는지도 알아볼 때가 됐지.'

아직 칠대세가 중 어느 곳이 혈교에 장악되었는지 알지 못했다.

최소 한 곳에서 두 곳은 그들에게 넘어갔으리라.

하지만 극한의 상황까지 몰아붙인다면, 정체의 실마리를 잡을 수도 있을 터였다.

순간 유신운이 차갑게 가라앉은 눈으로 내찰당원들을 바라보았다.

역시나 손꼽히는 후기지수들이었다.

대다수의 스켈레톤들이 역소환되어 있었다.

'……그럼 슬슬 난이도를 높여 볼까.'

그때 유신운이 손가락을 튀기자.

스아아!

내찰당원들의 눈앞에 금빛의 왕관을 머리에 쓴 채, 영롱하게 빛나는 지팡이를 들고 있는 또 다른 형태의 해골 요괴가 모습을 드러내었다.

혈교와 전쟁이 시작된 초창기.

무림맹을 비롯한 강호의 세력들이 전투마다 패전을 거듭한 원인은 혈교가 이전까지의 세력들과 달리 술법사들을 전투마다 적극 이용했기 때문이었다.

술법사들의 힘을 단순한 사술로 치부하며 무시하던 그들은 기괴하고 파괴적인 그들의 사술에 속수무책으로 당할 수밖에 없었다.

하지만 이번에는 또다시 그런 모습을 재현시킬 수 없었다.

그렇기에 유신운은.

'미리 처맞아 보면 정신을 차리는 법이지.'

후기지수들에게 깨달음을 주기 위해, 그들의 앞에 '리치'

를 소환하였다.

외견상으로 보기에는 다른 해골 요괴들의 냉병기들에 비해 지팡이는 그다지 위협적으로 보이지 않았지만.

'기운이 다르다!'

'……저놈은 대체?'

리치에게서 쏟아지는 가공할 기운에 후기지수들은 마른침을 삼키고 있었다.

세가의 기대주들인 그들은 절정 상급에 달하는 무공 수위를 지니고 있었다.

남궁호와 태일 두 사람은 절정 최상급에 달해 있었다.

하나 그럼에도 상대는 그들 모두를 더한 것보다도 강대해 보이는 기운이 넘실거리고 있었다.

그렇기에 저돌적으로 달려들었던 이전과 달리 그들은 검기가 일렁이는 검을 든 채, 조심스럽게 적과 거리를 유지하고 있었다.

하지만 잠시 후.

그들은 자신들의 선택이 최악의 선택이었음을 깨달았다.

우우웅! 지이잉!

리치의 지팡이 끝에서 음험하기 짝이 없는 기운이 끓어오르기 시작했다.

후기지수들이 아무런 조치도 취하지 않고, 스킬을 시전할 시간을 그대로 내어주자.

쏴아아! 콰가가가!

"온다!"

"피햇!"

리치가 연속해서 스킬을 쏟아 내기 시작했다.

그림자로 만들어진 것만 같은 칠흑의 기운이 수십의 손아귀가 되어 후기지수들에게 날아들었다.

닿는 모든 것을 흔적도 없이 부패시키는 데스 핸즈였다.

스킬의 제대로 된 대처법을 모르기에 당황한 후기지수들은 세 패로 나뉘었다.

곤륜의 정현과 섭웅, 덕광과 경초방은 보법을 발휘하여 손아귀를 회피하였고.

팽승구와 모용미, 언소소와 황보동은 주변에 가득한 해골 요괴들의 잔해를 집어 투사체를 향해 던졌다.

그리고.

쐐애액! 촤아악!

'검사로 가를 수 있어!'

'조잡한 사술 따위 베어 버리면 그뿐!'

무당의 태일과 남궁호는 검사가 차오른 자신의 검으로 당당히 적의 술법에 맞섰다.

위험한 순간이 되자 조가 아닌 구파일방과 칠대세가의 조합으로 갈린 모습을 확인한 유신운이 제 고개를 절레절레 가로저었다.

'아직 갈 길이 한참 멀었군.'

결과적으로 말하자면 몸을 던진 단순한 회피는 하책이었으며, 잔해를 던져 술법의 능력을 확인해 본 것은 상책이었다.

그리고.

무작정 달려든 두 사람은 그야말로 최악의 대처였다.

"크억!"

"따, 따라와요!"

보법을 사용했던 네 사람은 당황한 모습을 숨기지 못했다.

공격을 회피했다고 마음을 놓았는데, 데스 핸즈가 돌연 허공에서 그들을 향해 방향을 튼 것이다.

그들은 수치를 잊고 나려타곤의 수법으로 지면에 몸을 데구루루 굴려 겨우 공격을 회피하였다.

치이이익!

같은 순간 나머지 네 사람이 던진 해골 요괴의 잔해가 데스 핸즈와 격돌하고는 매캐한 냄새를 뿜어내며 흔적도 없이 녹아내렸다.

'망했다!'

'이런!'

그 모습을 확인한 태일과 남궁호는 자신들이 잘못된 판단을 했음을 깨달았지만, 이미 너무 늦은 후였다.

치이이익!

무당을 상징하는 송문고검(松紋古劍)이, 남궁세가를 상징하는 천명검(天鳴劍)이 데스 핸즈와 닿는 순간 녹아내리기 시작했다.

검기도 데스 핸즈의 산성을 막아 내지는 못했다.

두 사람은 빠르게 검을 회수하고 물러났지만, 그럼에도 불구하고 검날 윗부분의 3할 정도가 흔적도 없이 사라져 있었다.

자신들의 무위를 믿고 쓸데없는 짓거리를 한 여파로 무기가 파괴된 것이다.

하지만 그 순간 태일과 남궁호의 시선이 허공에서 교차했다.

'거리를 좁히는 데는 성공했으니!'

'위기를 기회로 만든다!'

파바밧! 파밧!

두 사람은 다시금 리치에게 질주하였다.

그들의 검은 토막이 난 상태지만 아직 검기는 선명하게 빛나고 있었다.

촤라라! 촤아악!

두 사람의 검이 흡사 살아 있는 생명처럼 움직이며 리치에게 뻗어 나갔다.

하지만 두 사람의 검이 담고 있는 묘리는 완전히 달랐다.

창궁무애검법(蒼穹無涯劍法)의 절초 무애만리에는 패와 중이 담겨 있었고, 태청검법(太淸劍法)의 절초 태청사해에는 유의 묘리가 가득했다.

두 무공 모두 남궁세가와 무당파의 절세의 검법들이었다.

그러나.

카강! 티팅!

리치는 작은 손짓 하나만으로 두 사람의 공격을 막아 냈다.

'……!'

'말도 안 돼!'

리치를 반으로 쪼개 버리려 했던 두 사람의 검은 보이지 않는 투명한 막에 가로막혔다.

두 사람뿐 아니라 지켜보던 나머지 여덟 사람조차 '아!' 하고 짧은 탄식을 토해 냈다.

방금 남궁호와 태일이 펼쳐 낸 초식은 그들이 지닌 것 중 가장 강력한 초식이었다.

비장의 한 수가 막힌 이상 두 사람은 더 이상 리치를 이길 방법이 없었다.

'졌어.'

모두의 머릿속에 패배라는 두 글자가 떠오른 그 순간.

좌아아! 파앗!

리치의 지팡이에서 쏟아진 눈이 멀 것 같은 섬광이 그들을 덮쳤다.

"모두 흩어……!"

덕광의 커다란 마지막 외침이 메아리가 되어 동굴 속에 공허하게 남았다.

빛이 사라지고 나자, 동굴에는 리치와 스켈레톤만이 남아 있었다.

리치가 지닌 또 다른 스킬인 '강제 공간 전이'로 스킬의 영향권 안에 있는 후기지수들을 주변 곳곳으로 강제 순간 이동시켜 버린 것이다.

숨어 있던 유신운이 슬며시 제 모습을 드러냈다.

'계획대로 뿔뿔이 흩어졌군.'

그는 동굴의 곳곳에 깔아 놓은 섀도우 위스퍼를 통해 10명이 모두 따로 떨어진 것을 확인했다.

조금 심했나 싶기도 했지만, 유신운은 이내 고개를 가로저었다.

앞으로 다가올 참혹한 미래를 막기 위해서는 이들이 더욱 빨리, 그리고 훨씬 많이 강해져야 했다.

그리고 그러기 위해서는 어쩔 수 없이 지금 절망을 주어야 했다.

'완벽한 패배를 경험하고 자신의 한계를 직면해야, 비로소 제대로 성장할 수 있는 법이니까.'

그렇게 생각을 정리한 유신운은 손가락을 튀겨 초절정 스켈레톤 10구를 추가로 소환했다.

천천히 시야가 돌아오자 주변에는 아무도 없었다.

남궁호는 정체를 알 수 없는 술법의 여파로 홀로 남겨졌다는 사실을 뒤늦게 알아차렸다.

그 순간 그의 뇌리를 파고든 것은 지독한 무력감과 절망이었다.

'……내가 동료들을 위기로 몰아넣었어.'

자신이 무모하게 적에게 달려들지 않았다면.

천천히 적의 힘을 파악하고, 당원들과 다 함께 힘을 합쳐 싸웠다면…….

참을 수 없는 씁쓸함이 속에서 차오르고 있었다.

-서로를 향한 견제 같은 한심한 짓거리는 네놈들의 윗대가리들에서 끝내라. 너희들은 지금부터 같은 조원이다. 좋으나 싫으나 끊을 수 없는 끈으로 묶인 동료가 되었다는 것이다. 그것을 머리에 새기도록.

유신운이 말했던 과거의 말이 가슴을 후벼 파고 있었다.

자신은 동료들을 믿지 못했다.

아니, 동료라고 생각조차 하지 않았다.

그저 경쟁자들이라고 치부했다.

그 탓에 동료들을 모두 잃고 자신만 구차하게 살아남았다.

'또다시 잃고 나서야 후회를 하는 거냐, 남궁호.'

남궁호의 머릿속에 한 아이의 얼굴이 스쳐 지나갔다.

자신을 그렇게나 따르던 막내였다.

하지만 막내는 커 갈수록 남궁세가의 잔혹할 정도로 치열한 경쟁의 압박을 이겨 내지 못했다.

막내는 결국 마약에 빠졌다.

자신조차 알아보지 못하는 상태가 된 막내의 처참한 모습을 본 남궁호는 그 후 무공에만 미쳐 살았다.

모든 고통을 잊기 위해서였다.

덜그덕. 덜그덕.

그러던 그때 그의 시야로 한 구의 해골 요괴가 자신을 향해 걸어오는 것이 보였다.

해골 요괴의 검에는 검사가 일렁이고 있었다.

불안정한 그의 검사와 달리 너무도 선명한 검사였다.

싸운다면 필히 패하리라.

채챙!

하지만 남궁호는 조금의 망설임도 없이 조각난 자신의 검을 다시 빼어 들었다.

'내가 모두를 구해야 해.'

그의 두 눈동자가 의지로 불타오르고 있었다.

"……죽을지언정 절대로 동료를 버리지 않겠다."

스스로를 향한 다짐을 되뇌며, 남궁호가 적을 향해 맹렬히 돌진하였다.

그렇게 동굴의 곳곳에서 내찰당원들이 초절정 스켈레톤과 치열한 전투를 치르고 있었다.

유신운은 그 전투를 초절정 스켈레톤들에게 자율적으로 맡겨 놓을 수도 있었지만.

'아니지. 섭웅, 이놈아! 그렇게 쾌에만 치중되어 있으면 검술이 단조로워지기 십상이라고.'

'언소소, 너의 장점은 강권에 있지 않아 자유롭게 변과 환의 묘리를 담아서 변주시켜 봐.'

그리하지 않고 10개의 스켈레톤들을 일일이 통제하고 있었다.

10명에 달하는 초절정 스켈레톤에 자신의 정신을 연결하여, 그들을 동시에 제각기 조종하고 있었음에도 유신운은 조금도 힘듦이 없어 보였다.

다른 이었다면 정신의 과부하로 뇌가 녹아 버렸을 터지만.

불사왕이라 불리며 사령술의 극한에 다다랐던 그에게는 이 정도는 우스울 따름이었다.

유신운은 모든 내찰당원 개개인의 잠재력을 폭발시키고, 각자가 지닌 치명적인 단점을 극복할 수 있도록 개인적으로 지도를 해 주고 있었다.

더욱 놀라운 것은 유신운이 스켈레톤과의 전투를 통해 그들이 스스로 깨달음을 얻을 수 있도록 유도하고 있다는 점이 있다.

이리하기 위해선 무공을 포함해 그들에 관한 모든 것을 파악해야 했는데.

놀랍게도 그간 이유 없이 굴리는 것이라 생각했던 모든 훈련들에, 이들의 잠재력과 단점을 파악하는 부분이 포함되어 있었다.

한데 그때였다.

10명을 세세히 살피던 유신운의 눈에 무슨 이유에선가 이채가 떠올랐다.

'이제 슬슬 정체를 드러내려는 거냐.'

한 구의 초절정 스켈레톤이 받아 내는 공격에 정파의 것이 아닌 이질적인 무공이 담기고 있었다.

유신운이 리치를 이용해 10명을 다른 공간에 이동시킨 또 다른 이유가 여기에 있었다.

홀로 전투를 벌이고 있는 상태에서 극한까지 몰아붙이면, 혈교의 힘을 드러낼 가능성이 높기 때문이었다.

'그럼 한 번 누구인지 확인해 볼까.'

유신운이 눈을 감고 정신을 집중하자 해당하는 초절정 스켈레톤과 영혼의 결속이 강화되며 한 존재로 동화되기 시작했다.

다음 순간 유신운의 시야가 뒤바뀌었다.

그 순간 선명한 마기가 넘실거리는 태산십팔반장(泰山十八盤掌)이 유신운의 가슴팍을 파고들었다.

유신운은 오른발을 급히 뒤로 빼며 몸을 틀어 공격을 피해 내었다.

만일 정신이 연결되어 있지 않았다면, 초절정 스켈레톤도 상당한 피해를 입었으리라.

절대 절정의 무위가 아니었다.

"후후, 한낱 요물 따위가 움직임이 재빠르구나."

평상시의 순박한 모습과 전혀 다른 냉혹한 목소리가 흘러나왔다.

'역시 너였군.'

간자의 정체를 확인한 유신운은 그다지 놀라지 않았다.

예상했던 인물 중 하나였기 때문이었다.

황보세가의 장남, 황보동이 사이하기 짝이 없는 기운을 쏟아 내고 있었다.

구파일방과 칠대세가에서 애지중지하며 키워 낸 후기지수들인 내찰당원들은 그 탓에 지닌 성격이 보통내기들이 아니었다.

하지만 그럼에도 유순한 성격을 지닌 이들이 있기 마련이었다.

구파일방에는 곤륜의 정현이 있었고, 칠대세가에는 황보

세가의 황보동이 있었다.

칠대세가의 자제들 중 가장 웃음이 많고 착한 성격의 인물이었다.

황보동의 뚱뚱한 외견은 여러모로 유신운의 전 모습을 떠올리게 했는데, 그로 인해 붙은 뚱보라는 치욕적인 별칭도 너털웃음을 짓고 아무렇지 않게 넘어갈 정도였다.

무림에서 손꼽히게 패도적인 권법을 사용하는 황보세가의 적자라고는 생각되지 않는 모습이었다.

그런 성격 탓인지 황보동은 2조에서 구파일방과 칠대세가를 조화해 주는 윤활제 역할을 톡톡히 해내고 있었다.

……그리고 그렇기에.

쐐애액! 후우욱!

"뒈져랏!"

지금 이 순간, 거친 욕설을 쏟아 내며 권격을 퍼붓는 황보동의 모습은 너무나 이질적이었다.

황보동의 양 주먹에서 검푸른 마기가 선명하게 빛을 내고 있었다.

스슥.

유신운이 동화한 초절정 스켈레톤 또한 권사였다. 그는 몸을 틀어 놈의 권격을 피해 낸 후, 손가락뼈를 움켜쥐었다.

파밧! 파바박!

눈 깜짝할 사이 수십 차례 공방이 교차했다.

그렇게 날선 공격을 주고받으며 유신운은 상대방의 무위를 정확히 예측할 수 있었다.

'초절정 중급인가. 힘을 잘도 숨기고 있었군.'

절정 중급이라고 알려졌던 황보동이 숨겨 두었던 마공을 사용하자, 초절정 중급까지 무위가 치솟았다.

유신운이 깃든 초절정 스켈레톤의 무위는 초절정 초급에 불과 했기에, 꽤나 불리한 입장이었다.

그러나 그는 조금도 물러설 생각이 없었다.

어느새 스켈레톤의 뼈 주먹을 권사가 둘러싸고 있었다.

콰르르! 촤아아!

유신운이 곧바로 왼 주먹을 뻗어 내자, 주위의 공기가 무섭게 떨렸다.

쐐애액! 파밧!

"어딜!"

자신의 사혈을 노리고 파고드는 공격에 황보동은 코웃음을 치며 피해 냈다.

그러곤 제자리에서 펄쩍 뛰어오른 황보동이 허공을 수십 차례 가격하기 시작했다.

곧이어 황보동이 펼친 권격만큼의 권풍이 이내 거센 폭풍이 되어 유신운에게 휘몰아쳤다.

콰가가! 퍼퍼펑!

자신을 향해 쏟아지는 권풍을 유신운은 기운을 끌어올린

팔을 열십자로 교차하여 겨우 막아 내었다.

하지만 권풍에 담긴 공력에 뒤로 한참 밀려났다. 지면에 끌린 자국이 길게 이어졌다.

폭풍이 사라지고 침묵이 내려앉은 가운데, 양쪽 끝에 선 유신운과 황보동이 서로를 노려보았다.

"퉤! 꼴에 초절정이라고 이 정도로는 안 된다 이건가. 빌어먹을 당주 놈은 이딴 곳을 어떻게 찾은 건지, 원."

마기를 더욱 끌어올리며 내뱉는 놈의 말에도 유신운은 어떠한 반응도 하지 않았다.

그저 스켈레톤의 텅 빈 동공에서 타오르는 불꽃처럼 거센 분노가 담긴 눈빛으로 놈을 바라볼 뿐이었다.

'황보가, 팽가. 두 곳이라고 생각했지.'

유신운의 의심은 황보세가와 하북팽가를 향하고 있었다.

일단 혈교에 의해 멸문을 당한 제갈세가와 자신의 손에 멸문을 당한 모용세가는 간자일 리 없었다.

남궁세가는 구룡방과 내통한 안휘성의 하나뿐인 간자가 황산파라는 정보 덕에 자동적으로 배제되었으며.

진주언가는 또 다른 미래의 기억 덕분에 아님을 알 수 있었다.

'……본래의 역사대로라면 달포 내에 일어날 사건은 비무대회가 아니라 언소소의 납치여야 해.'

또 다른 미래에서 언소소는 정체를 알 수 없는 의문인들에게 납치된다.

무림맹의 무사들이 총동원되어 탐색전을 펼치지만, 끝내 어느 곳에서도 언소소는 발견되지 않았다.

언 가주가 절망하던 그때, 느닷없이 언소소의 찢어진 옷가지와 권갑이 사파련의 십패 중 하나인 사자회의 권역에서 발견되었다.

딸의 죽음을 직감한 언 가주는 광기에 휩싸였다.

무림맹의 만류에도 불구하고 언 가주는 사자회를 공격했다.

그로 인해 두 가지의 거대한 흐름이 발생한다.

무림맹이 구파일방의 '정검맹(正劍盟)'과 칠대세가의 '칠도회(七刀會)'로 쪼개지게 되는 동시에, 사파련과 칠도회 간에 전쟁이 벌어지게 된 것이다.

그리고 남은 세 곳.

당가와 팽가, 황보가는 혈교가 제 정체를 만천하에 드러내었을 때.

정사의 생존자들이 모아 만든 반혈교 세력의 핵심 구성원 중 하나였다.

하지만 그들의 움직임은 혈교에게 모든 것이 예측되었고, 얼마 지나지 않아 궤멸하게 되었다.

그 최후의 일전에서 끝까지 모습을 드러내지 않은 두 곳이 바로 황보기와 팽가였다.

당가는 분투하다가 모두 사망하였기에, 일말의 가능성이 없지는 않았으나 그래도 간자일 확률이 매우 낮았다.

마지막으로 유신운은 생각을 정리했다.

'팽승구는 끝까지 힘을 드러내지 않았어. 죽음을 맞이하더라도 혈교의 힘을 발휘하지 않겠다는 치밀함인지, 아니면 무언가 팽가에는 다른 이유가 있었던 것인지 모르겠군. 조금 더 면밀하게 살펴보아야겠어.'

아무래도 팽승구는 이곳에서 정체를 파악하기 힘들 것 같았다.

'그럼 이제.'

그렇게 팽가의 조사를 잠시 뒤로 미뤄 둔 유신운은.

'이 쓰레기 놈부터 처리해 볼까.'

정체가 발각된 간자를 처리하기로 결정했다.

파밧!

그 생각과 함께 유신운이 앞으로 돌진하였다. 보법과 신법에 약점이 있는 황보동의 허점을 노린 쾌속한 움직임이었다.

"흥!"

하지만 황보동도 가만히 있지는 않았다.

유신운의 움직임을 예측하기라도 했다는 듯, 그가 발을 떼자마자 황보동 또한 현란하게 발을 움직이며 전광석화처럼 튀어나왔다.

그가 혈교에게서 전수받은 것은 권법만이 아니었다.

황보가의 고질적인 문제인 보법과 신법 또한 뛰어난 마공으로 보완되어 있었다.

타닷! 처척!

"이놈!"

그에 먼저 달려간 유신운보다 황보동이 먼저 지근거리에 도착했다.

황보동의 양 주먹에 검푸른 마기가 거세게 타오르고 있었다. 주먹의 주변이 일그러져 보일 정도로 가공할 마기였다.

일 권이라도 허용한다면 초절정 스켈레톤의 몸으로는 절대 막아 낼 수 없을 터였다.

이전처럼 막아 내는 것은 불가능해 보였기에, 반드시 피해 내야 했다.

그 찰나의 순간.

파아앗! 쐐애액!

한낱 소환수의 공력으로는 감당할 수 없음을 알면서도 유신운은 똑같이 권격을 뻗어 냈다.

'최악의 선택이다, 이 요괴 놈아!'

그에 황보동은 쾌재를 부를 따름이었다.

콰아아! 콰가가가!

쩌렁쩌렁한 파열음이 터져 나왔다.

거대한 충격파가 동굴 안을 떨게 만들었다.

모래 먼지가 안개처럼 자욱하게 솟구쳤다.

잠시 뒤, 점차 모래 먼지가 잦아들며 동굴 안의 모습이 보이기 시작했다.

서 있는 것은 한 사람뿐이었다.

"후후, 건방진 놈 같으니. 꼴좋구나."

황보동이 한쪽 입가를 말아 올리고 있었다.

그리고 그의 앞에는 산산조각이 난 초절정 스켈레톤의 파편이 이곳저곳에 흩어져 있었다.

반파된 스켈레톤의 두개골의 동공에서 푸른 불꽃이 희미하게 일렁이다가 이내 사라졌다.

황보동은 자신의 승리에 취해 가슴을 활짝 폈다.

그는 마공을 가라앉히고 주변의 흔적을 없애기 시작했다. 혹시라도 다른 이에게 들키면 안 되기 때문이었다.

한데 그때였다.

'으윽!'

황보동이 갑자기 심장이 위치한 자신의 한쪽 가슴을 움켜쥐었다.

'뭐, 뭐지?'

그는 당황을 숨길 수 없었다. 난데없이 심장에서 통증이 느껴졌기 때문이었다.

마치 누군가가 심장을 '움켜쥔' 듯한 충격이었다.

그러나 고통은 일시적이었다. 점차 고통은 언제 그랬냐는 듯 감쪽같이 사라졌다.

식은땀을 한 방울 흘린 황보동이 뒷머리를 긁적였지만, 세
밀하게 내기를 돌려봐도 아무런 이상이 없자 제 고개를 가로
저었다.

'……아무래도 너무 오랜만에 마기를 운용한 탓인 것 같
군.'

다음 순간 황보동은 쩝 하고 입맛을 다신 후.

이내 별일이 아닌 것으로 치부하고 동굴의 안쪽으로 이동
하기 시작하였다.

그리고 그렇게 황보동의 모습이 사라지고 한참의 시간이
지나자.

스르르. 처척!

유신운이 본신의 모습을 드러내었다.

황보동이 사라진 쪽을 게슴츠레한 눈으로 바라보던 유신
운은 이내 고개를 돌려 지면에 완파된 스켈레톤의 파편들을
보았다.

패배의 처참한 흔적이었지만.

씨익.

유신운은 무슨 이유에선가 의미심장한 미소를 지어 보이
고 있었다.

'제대로 됐군.'

그랬다. 패배가 아니었다.

유신운은 일부러 황보동이 스켈레톤을 파괴하게끔 유도한

것이었다. 소환수를 희생시켜야만 발동시킬 수 있는 스킬 '사자 감염'을 발동하기 위해서였다.

　[사자 감염]
　소환수를 죽인 상대에게 자신의 저주 스킬 한 가지를 발동합니다.
　소환수가 죽음을 맞이하는 즉시 저주 스킬은 아무런 전조 현상 없이 비밀리에 발동됩니다.

　사자 감염은 소환수를 죽인 이에게 저주 스킬 하나를 걸어버리는 효과를 지니고 있었다.
　그리고 유신운이 발동한 저주 스킬은 사자 감염과 함께 새롭게 얻은 스킬인 '그랩 하트'였다.

　[그랩 하트]
　적의 심장을 구속하여 상대방의 생명을 자신의 소유로 만듭니다.
　그랩 하트로 구속당한 상대에게 다시 스킬을 발동하는 순간, 상대의 심장을 터뜨릴 수 있습니다.

　유신운은 마음 같아서는 모든 힘을 발휘해 황보동의 목을 베고 처참하게 죽이고 싶었다.

하지만 살심을 꾹 참고 그리하지 않았다.

이유는 간단했다.

지금 황보동을 죽이면 놈 한 명만을 죽일 수 있지만.

'오히려 이놈을 역이용해 황보세가와 혈교에게 잘못된 정보를 알리는 훗날의 파멸의 씨앗으로 삼는다면. ……황보세가의 모두를 절멸시킬 수 있을 테니까.'

유신운의 온몸에서 잔혹한 살기가 넘실거리고 있었다.

'네놈들은 단 한 놈도 남김없이 모조리 죽여 주리라.'

유신운은 황보세가에 속한 이들은 한 명도 살려 주지 않을 생각이었다.

이렇게 어린 후기지수까지 간자의 노릇을 하고 있다면, 황보세가는 뿌리부터 모두 썩어 버린 것이 분명했다.

무림맹, 칠도회, 반혈교 세력에 이르기까지, 종말의 날까지 모든 정파인들의 정보를 팔아넘긴 이놈들은 악질 중의 악질이었다.

그렇기에 유신운은 그랩 하트로 언제 어디서나 놈을 죽일 수 있게 만들어 놓았다.

'가장 큰 절망을 맛본 때, 네놈의 목숨을 취해 주마.'

유신운은 비소를 머금었다.

급한 불은 모두 껐으니, 유신운은 이제 자리를 옮겨 다시금 후기지수들의 훈련을 봐줄 생각이었다.

한데 그때였다.

삐이! 삐이!

'으응?'

갑자기 유신운의 귓전에 날카로운 경보음이 울려 퍼지기 시작했다.

동굴에 울리는 것이 아니었다.

이 소음은 유신운의 귀에만 들리고 있었다.

아니나 다를까 곧이어 유신운의 눈앞에 시스템 메시지가 떠올랐다. 메시지에 떠오른 내용을 읽어 내려간 유신운이 이전과 다른 환한 미소를 지어 보였다.

[스킬, '악몽의 영역'의 영향권에 적이 침범하였습니다.]
[자동적으로 악몽의 영역의 추가 효과가 활성화됩니다.]

'뭔가 했더니 두더지가 잡혔군.'

창천무고에 깔아 놓았던 덫이 발동한 것이다.

유신운이 곧바로 동굴 밖으로 몸을 날렸다.

3장

　진귀한 보물들과 값진 비급들이 존재하는 한, 무림의 역사 속에서 대도는 끝없이 나타날 것이다.

　하나 그렇게 수없이 많은 양상군자들이 활약을 하며, 새로운 이름을 얻어 갔지만.

　그들 중에 신투(神偸)라는 칭호로 불리는 이는 아무도 없었다. 그 칭호는 오로지 당대의 한 사람에게만 허락되기 때문이었다.

　군자문(君子門).

　그 비밀스러운 문파의 당대 문주만이 유일하게 신투라는 별호로 불렸다.

　그런 이유는 간단했다.

대대로 군자문의 문주들이 믿을 수 없는 업적들을 남겨 왔기 때문이었다.

초대 신투는 소림사의 산문을 몰래 넘어가 그들의 보물인 대환단을 훔쳤고.

2대 신투는 장강을 제 맘대로 주무르는 장강수로채에 잠입해 비밀 장부를 훔쳤으며.

3대 신투는 사파련의 비고에서 수많은 비급을 훔쳐 냈다.

이런 말도 안 되는 도행을 성공한 후, 신투들은 항상 자신의 활약을 스스로 떠벌리며 세상에 자랑했다.

당연히 표적이 된 세 문파 모두 절대로 그런 일이 없다며 끝까지 부정했지만, 항상 마지막에는 그들의 추적대가 신투의 뒤를 쫓고 있는 사실이 세간에 밝혀지며 모든 것이 사실로 드러났다.

정사를 가리지 않고 수많은 무인들이 신투들을 쫓았다.

하지만 어느 누구도 그들의 작은 흔적조차 찾지 못했다.

하나 그럴 수밖에 없었다.

군자문에는 강호의 역사 속에서도 손꼽히는 최고의 신법들과 비장의 은신술들이 전수되고 있었기 때문이었다.

신투들은 몇 년 주기로 커다란 족적을 남기다가, 말년이 되면 후계자를 찾아 양성했다.

그리고 후계자가 자격을 갖추면 자신은 은퇴하고 신투의 자리를 넘겨주었다.

그리고.

'이립(而立 : 30살)의 나이에 당대 4대 신투의 자리에 오를 괴물! 한왕호(寒王皓)가 바로 나라고!'

이 순간 한 줄기의 빛도 없는 의문의 공간 속을 유영하고 있던 한왕호는 자아도취에 빠져 있었다.

한데 그럴 수밖에 없었다.

3대 신투에게 거두어져 20년 동안 수련만 하다가, 입봉식(立峯式)이라 불리는 후계자 신투로서의 첫 행보를 행하고 있는 날이었기 때문이었다.

'스벌! 정말이지 길고 길었다. 흐흐, 하지만 이제 내 앞에는 반짝이는 황금 길만 펼쳐 있을 것이야!'

찰나의 순간, 그의 머릿속에 과거의 순간, 순간들이 스쳐지나갔다.

지독히도 가난한 집안에서 태어나 입을 줄이려, 결국 어미에게 버려지던 때.

거지 생활을 이어 가다가 근골과 재능을 알아본 스승에게 거두어졌을 때.

15년 동안 죽어라 수련을 하며, 결국 사부의 경지에 도달하였을 때.

−단언컨대 네놈은 역대 군자문의 후계자 중 최고의 재능을 지니고 있다. 네놈이라면 우리 문의 최대의 과제를 해결

할 수 있을 것이야!

사부가 죽기 전 마지막으로 남긴 말이 떠오르던 순간.

스그극.

어둠 속을 유영하던 그의 손끝에 딱딱한 무언가가 닿았다.

'왔군!'

그는 자신이 목표로 했던 목적지에 무사히 도착했음을 깨달았다.

'노인네, 보고 있소? 입봉식을 조금 쉽게 갈 수도 있었지만…… 노인네가 입이 닳도록 이곳을 털기를 원했기에 이곳으로 왔소.'

한왕호는 하늘에서 엄지를 치켜세우고 있을 사부의 모습을 떠올리며 속으로 피식 웃었다.

덜그덕.

미세한 소리와 함께 석판이 들썩였다.

그리고 놀랍게도 땅속에서 전신을 흑장의로 감싼 한왕호가 모습을 드러내었다.

그랬다. 한왕호가 유영하고 있던 곳은 다름 아닌 땅속이었던 것이다.

조심스럽게 자신이 들어 올린 회색의 석판을 제자리에 놓은 한왕호는 이내 쥐죽은 듯한 정적이 깔린 주변을 살폈다.

'오오, 이곳이 바로!'

주변의 전경을 확인한 그는 가슴이 터질 것만 같았다.

자신이 오랜 시간 동안 절대 불침의 공간이라 불리던 이곳에 성공적으로 잠입하는 데 성공했으니까.

마음 같아선 커다랗게 환호성을 내지르고 싶었지만, 그는 두 주먹을 불끈 움켜쥐며 그 충동을 겨우 잠재웠다.

'후후, 내가 아니면 어느 누가 무림맹을 털어먹겠는가! 이제 강호는 나를 역대 최고의 신투라 칭송하리라!'

그랬다. 이곳은 다름 아닌 무림맹 창천무고의 내부였던 것이다.

대대로 내려온 군자문의 최대 과제란 바로 무림의 금역이라고 불리는 세 곳.

즉, 무림맹, 마교, 황궁 중의 한 곳을 터는 데 성공하는 것이었다.

그리고 한왕호는 셋 중에 무림맹을 택했다.

한왕호는 복면 속에서 연신 함박웃음을 짓고 있었다.

'후후, 무엇을 훔쳐 가야 무림맹의 역사에 똥물을 제대로 튀겨 줄 수 있으려나?'

한데 그가 그렇게 영약동의 보물들을 살피며 행복한 고민을 하고 있던 그때였다.

스아아.

'으응?'

한왕호는 갑자기 발목 밑이 서늘함을 느꼈다.

고개를 갸웃하며 시선을 아래로 내린 그는.

'……뭐, 뭐야 이건!'

차오르는 당혹감을 숨기지 못했다.

지면에서부터 발목 부근까지 생전 처음 보는 검푸른 안개로 뒤덮여 있었다.

발목을 휘감고 있는 안개를 보자마자 왠지 모를 섬뜩함을 느낀 그는 곧바로 영약동의 천장으로 번쩍 뛰어오르려 했다.

하지만.

'크억!'

그는 어느새 자신의 발이 바닥에 찰싹 붙어 버렸다는 사실만 깨달을 수 있을 뿐이었다.

안개에 휩싸인 부위까지 내기가 전달되지 않고 있었다.

아니, 다리의 감각이 아예 사라지고 있었다.

스아아아!

게다가 기운을 끌어 올리자 안개가 차오르는 속도가 급속도로 빨라지기 시작했다.

순식간에 안개는 그의 허리까지 차올랐고, 상승을 멈추지 않았다.

'기, 기문진인가! 아니야. 그, 그럴 리가 없는데?'

한왕호는 다급히 진상을 파악해 보려 했지만, 도무지 상황이 이해가지 않았다.

자신은 한순간의 치기로 잠입한 것이 아니었다.

장장 5년에 걸쳐 철두철미한 사전 준비를 완성한 끝에 시도를 한 것이었다.

창천무고의 설계도를 입수하고, 3개 비동 중 가장 방어가 취약한 곳을 파악했다.

창천무고에 깔린 진법을 파악하기 위해 역대 사부들이 쌓아 놓은 막대한 자금을 무려 4할이나 쏟아 넣었다.

그리고 결국 창천무고를 둘러싼 외벽에는 진법의 영향이 발휘되고 있지만, 지면에는 깔려 있지 않다는 사실을 알아차리고 그 틈을 노려 내부로 파고든 것이 아니던가.

절대 이럴 리가 없건만.

그가 절망하던 찰나 어느새 머리까지 차오른 안개가 그의 눈을 가리기 시작했다.

'제……엔장! 도대체 이게 웬 개똥…… 같은…….'

한왕호의 시야가 서서히 어둠으로 뒤덮이기 시작했다.

그렇게 안개가 그를 완전히 뒤덮자 한왕호는 끝없이 이어지는 악몽을 꾸었다.

분노한 무림맹의 무사들에게 제압당해 잡혀 간 그는 지하뇌옥에 갇혀 온갖 고문을 당하기 시작했다.

'……제, 제발 죽여 줘.'

한 번도 경험해 보지 못한 지독한 고통에 그가 차라리 목숨을 끊어 달라 부탁했다.

그러나 숨이 끊어지는 순간, 다시금 또 다른 형벌을 받으며 눈을 뜨게 되었다.

악몽이 끝없이 반복되며 한왕호의 정신이 점차 붕괴되기 시작하던 그때.

좌아악!

꿈속에서 느닷없이 솟구친 거대한 폭포가 한왕호를 덮쳤다.

"어푸푸!"

물벼락에 흠뻑 젖은 채 한왕호가 겨우 눈을 떴다.

'여, 여긴?'

겨우 정신을 차리고 두 눈을 끔뻑이며 주위를 둘러보자, 자신이 창천무고가 아닌 알 수 없는 동굴에 이동해 있다는 것을 알 수 있었다.

"크허엉! 흐엉! 살았구나, 살았어."

끔찍한 악몽에 정신이 나갈 지경이던 그는 눈물과 콧물로 범벅이 된 채, 자신의 사지를 매만지며 살아 있음에 기뻐했다.

한데 그때였다.

"어때, 꿈은 잘 꿨나?"

"흐헉!"

갑자기 자신의 등 뒤에서 얼음장처럼 차가운 목소리가 들려왔다.

그 순간 한왕호는 목소리의 주인이 자신을 창천무고에서

이곳까지 옮긴 장본인임을 알 수 있었다.

등줄기에 소름이 돋으며 상황이 빠르게 파악된 그는 곧장 줄행랑을 치려 했지만.

'……이거 제대로 ×됐다.'

창천무고에서처럼 온몸에 내기가 하나도 말을 듣지 않았다.

결국 한왕호는 목구멍으로 침을 꿀꺽 삼키고는 힘겹게 말을 꺼냈다.

"뉘, 뉘십니까?"

그의 말이 동굴에 울려 퍼지자, 이내 어둠 속에서 한 남자가 모습을 드러냈다.

'잠깐, 저자는……!'

정체를 드러낸 상대를 확인한 한왕호의 눈이 커다랗게 떠졌다.

한왕호는 무림맹에 침투하기 전에 무림맹에 소속된 모든 무사들의 신상 정보를 파악했었기에, 상대가 누구인지 한눈에 알 수 있었다.

"……백운신룡(白雲神龍) 유신운?"

"백운신룡? 뭐야, 그새 또 별호가 바뀌었나."

근래 무림맹에 폭풍을 몰고 다니는 내찰당주 유신운이었다.

생각 외의 인물이 모습을 드러내자, 한왕호가 당혹감을 숨기지 못했다.

　그러나 유신운은 그런 것을 전혀 신경 쓰지 않고 말을 이어 갔다.

　"반갑군, 한왕호. 아니, 당대의 신투라고 해야 하나?"

　'어, 어떻게 내 이름을?'

　한왕호는 심장이 덜컥 내려앉는 것 같았다.

　자신은 오늘 처음 입봉식을 치르러 이곳에 왔다.

　즉, 무림초출이나 마찬가지인 것인데, 죽은 사부를 제외하면 아무도 모를 자신의 이름 석 자와 신분을 상대가 이미 알고 있었다.

　"……어, 어떻게?"

　"남만에 말이야. 아주 진귀한 벌레가 한 마리 있지."

　그때 느닷없이 유신운이 뚱딴지같은 말을 꺼내기 시작했다.

　"오랜 세월 살아온 남만의 주민들도 감히 발을 들이지 못하는 남만의 가장 깊숙한 우림에 서식하는 벌레인데 말이야. 서로 짝을 맺은 암컷과 수컷의 사랑이 아주 대단한 놈들이지."

　그렇게 말을 하며 유신운이 제 손바닥을 펼쳤다. 그러자 한 마리의 애벌레가 그의 손바닥에서 움직이고 있었다.

　"얼마나 떨어져 있건 암컷이 죽으면 수컷도 그걸 알고 따라 죽는다니까."

'설마!'

유신운이 말을 마친 순간, 한왕호의 안색이 하얗게 질렸다.

"……애독고(愛毒蠱)."

"오, 알고 있었나?"

한왕호가 절규하듯 내뱉은 말에 유신운이 미소를 지으며 말을 꺼냈다.

애독고는 무림인들에게 악몽 같은 취급을 받는 끔찍한 벌레였다.

애독고를 사람에게 먹이면, 애독고는 그자의 몸속 내부에 자리를 잡는다. 그리고 만일 바깥에서 자신의 짝이 죽으면 따라 죽으며 엄청난 독을 체내에 발산하였다.

'……이런 젠장!'

한왕호가 욕지거리를 내뱉으며 자신의 배를 내려다보았다.

유신운의 손에 있는 애독고는 한 마리였다.

나머지 한 마리가 어디에 있는지는 안 봐도 뻔한 일이었다.

몸에 자리를 잡은 애독고를 배출해 내는 것은 다른 짝을 삼켜 함께 배출해 내는 것 말고는 존재하지 않았다.

그 말인즉, 현 시간부로 한왕호의 목숨 줄은 눈앞의 유신운이 꽉 움켜쥐고 있다는 뜻이었다.

"……무엇을 원하는 겁니까?"

자포자기하듯 내뱉는 한왕호의 말을 들은 유신운은 품속에서 작은 통을 꺼내 애벌레를 집어넣었다.

그러면서 그는.

'낚시 성공.'

자신의 계략이 정확히 먹혀들었음을 깨달았다.

유신운이 통 속에 넣은 애벌레는 애독고가 아니었다. 그는 남만까지 갈 시간이 없었다. 이건 그냥 오다가 나무에서 주은 평범한 애벌레일 따름이었다.

한왕호는 유신운의 세치 혀에 스스로 덫에 빠진 것이었다.

그때, 유신운이 입을 열었다.

"네가 신투라는 것. 그리고 창천무고에 침입했다는 사실은 나 말고는 아무도 모른다."

그 말에 한왕호가 놀란 눈으로 그를 바라보자 유신운이 두 개의 손가락을 폈다.

"내가 원하는 것은 두 개다."

"……무엇입니까?"

"첫째로 네가 가진 무공 중 하나가 필요하다."

"천리무영보(千里無影步)는 군자문의 생명과도 같은 상징! 그것을 빼앗아 가져가려거든 차라리 죽이시오!"

유신운의 말에 한왕호가 흥분을 감추지 못하고 씩씩거리며 커다랗게 소리를 질렀다.

하지만 그 모습을 가만히 지켜보던 유신운은 귓구멍을 후비며 말했다.

"뭔 소리야. 그건 필요 없어."

"에?"

당황하는 한왕호에게 유신운이 나지막한 목소리로 말을 꺼냈다.

"지영술(地遁術)을 내놔라."

지영술은 지둔공의 총화였다.

단순히 땅을 파는 것이 아닌 어떠한 흔적도 남기지 않고, 땅속에서 수영을 하듯 유유히 움직일 수 있는 무공이었다.

……그리고 그것은.

흔적을 남기지 않고 충의각의 망자들을 스켈레톤으로 만들기 위해 꼭 필요한 무공이었다.

'……지영술을 달라고?'

유신운의 전혀 생각지도 않은 제안에 한왕호는 두 눈을 끔뻑였다.

물론 지영술이 지둔술 중에 가장 뛰어난 무공인 것은 맞지만.

일반적인 무림인의 시선에서 지둔술이란 사술 축에도 끼

지 못하는 잡술에 해당하는 하찮은 무공이었기 때문이었다.

"어, 그러니까 정말로 천리무영보가 아니라……."

"아니, 그딴 건 필요 없다니까. 지영술만 주면 돼."

"……!"

그딴 거라니!

군자문의 상징이자, 강호의 인사들이 천하제일신법을 꼽을 때 항상 세 손가락 안에 드는 천리무영보를 깎아내리자 한왕호는 순간 울컥하였다.

순간 반박을 하려던 한왕호는.

'아니지, 아니지. 이건 울컥할 일이 아니야.'

이내 자신이 무공을 빼앗기는 입장이라는 것을 뒤늦게 다시 깨닫고는 내뱉으려던 말을 황급히 집어넣었다.

한동안 두 사람이 말없이 서로를 응시했다.

그러다가 고민을 거듭하는 듯하던 한왕호가 끄응 하며 앓는 소리를 내더니, 이내 품속에서 얇은 비급 하나를 꺼내어 유신운에게 건넸다.

그리고 유신운이 비급을 건네받고 책장을 펼친 순간 눈앞에 시스템 메시지가 떠올랐다.

[비급, '지영술'을 획득하였습니다.]

['지영술 SS+'을 터득하시겠습니까?]

시스템 메시지를 확인한 유신운이 쾌재를 불렀다.

'좋아, 진퉁이군.'

원하던 물건을 제대로 얻은 순간이었다. 이어 유신운이 만족스러운 표정으로 한왕호를 보았다.

"왜, 왜 그럽니까. 그거 지, 진짜 비급입니다."

하지만 이미 겁에 잔뜩 질린 한왕호는 유신운의 반응이 자신을 의심하는 것이라고 지레짐작하고는 목소리를 떨며 변명했다.

유신운은 그 모습을 보며 피식 웃었다.

'무림맹을 털어먹은 역대 최고의 신투라고 해서 살짝 긴장했더니. 이건 뭐, 아직 애송이군.'

충의각에서 망자들을 들키지 않고 빼돌릴 계획을 짜던 때, 유신운은 또 다른 미래에서 보았던, 4대 신투에게 무림맹의 창천무고가 털리는 날이 머지않았다는 것을 깨달았다.

그는 곧바로 신투를 이용하기로 결정했다.

하나 그것은 단지 그가 지닌 지영술이 필요하기 때문만은 아니었다. 4대 신투 한왕호 자체가 탐이 났다.

한왕호는 물욕에만 정신이 팔려 있었던 전대 신투들과는 달랐다.

창천무고 사건을 기점으로 활동하기 시작한 한왕호는 훗날 혈교와 전쟁이 벌어지자, 반혈교 세력에 가담하여 수많은 활약을 하였다.

'결국에는 혈교에 의해 신상이 낱낱이 파악되어, 붙잡힌 후 사지가 잘려 죽고 말았지만……'

한왕호의 처참한 최후를 떠올린 유신운이 미묘한 눈빛으로 그를 쳐다보았다.

그러나 영문을 모르는 한왕호는 침이 바싹 마를 뿐이었다.

"어, 얼른 두 번째 조건이나 말해 주시오."

"……그래, 비급은 진짜인 것 같으니 다음을 말해 주도록 하지."

곧이어 유신운이 하나로 줄였던 손가락을 다시금 3개로 펼쳤다.

"딱 3년만 내 수족이 되어라."

"……3, 뭐요?"

유신운의 말에 한왕호는 어이가 없다는 표정을 지어 보이며 대답했다.

어처구니가 없었다.

말이 좋아 수족이지 대놓고 3년 동안 노예가 되어 구르라는 것이 아닌가.

"무리한 부탁은 없을 거다. 평상시에는 건드리지도 않을 거고. 그냥 때에 따라 훔쳐 달란 물건만 잘 훔쳐 주면 된다."

"아니, 그렇다고 해도!"

그 말을 어찌 믿냐며, 한왕호는 절대로 받아들일 수 없다고 목소리를 높이려 했다.

한데 다음 나온 유신운의 말이 그의 입을 닫게 만들었다.

"뭐, 그렇다고 나도 받기만 하고 입을 싹 닫을 생각은 없어."

툭.

그 말과 함께 유신운이 품속에서 무언가를 꺼내어 그의 발치에 던졌다.

작은 천 주머니였다.

이게 뭐냐며 한왕호가 유신운을 바라보자.

유신운은 안을 확인해 보라는 듯 가볍게 턱짓했다.

불신을 가득 품은 얼굴로 한왕호가 허리를 굽혀 주머니를 집었다.

그리고.

"이, 이건!"

주머니 안에 담긴 물건을 확인한 한왕호가 경악한 반응을 쏟아 내기 시작했다.

하지만 그럴 수밖에 없었다.

주머니 안에는 무려 소림사의 대환단과 버금가는 효능을 지닌 무당파의 보물, 태청단이 담겨 있었던 것이다.

아무 말도 못 하고 두 눈을 끔뻑이는 한왕호를 향해 유신운이 말을 이어 가기 시작했다.

"영약동을 빠져나오면서 훔쳐 왔다. 만일 이대로 돌려놓지 않고 동이 튼다면, 세상은 새로운 신투의 등장을 알게 되겠지.”

“……!”

태청단을 훔친 것을 자신의 업적으로 남게 해 주겠다는 말에 한왕호의 눈이 지진이라도 난 듯이 흔들렸다.

무림맹을 털어먹은 최초의 신투.

역사에 남을 신투가 바로 자신이 되는 것이다.

하지만 놀랍게도 유신운의 말은 거기서 끝이 아니었다.

“그리고 하나를 더 약속하지. 나에게 협력하는 그 3년 동안 무림맹뿐 아니라 마교와 황궁의 금고까지 모두 털게 해 주마.”

충격적인 선언에 한왕호는 유신운의 눈을 응시했다.

‘……거짓말이 아니야.’

유신운의 눈빛에는 조금도 거짓이 담겨 있지 않았다.

“어차피 가야 할 곳들이니까. 겸사겸사 한 명쯤 더 데려간다고 계획이 꼬일 리는 없어.”

무림맹, 황궁, 마교.

절대금역이라 불리는 이 세 곳을 모두 터는 데 성공한다면 자신은 역사에 전무후무할 역대 최고의 신투가 될 수 있으리라.

한왕호의 고민이 계속해서 깊어지던 그때.

스윽.

유신운이 자신의 손을 그에게 내밀었다.

"자, 어찌하겠나."

저 손을 잡으면 끔찍한 불길을 걷게 되리라.

하지만 그럼에도.

절대로 거부할 수 없는 제안이었다.

'……스승님, 아무래도 저는 악귀를 만난 것 같습니다.'

덥석.

4대 신투, 한왕호가 유신운의 손을 맞잡았다.

아직 해가 뜨지 않은 어스름한 새벽녘.

정상에 충의각이 자리 잡은 동산의 중턱을 유신운이 홀로 오르고 있었다.

동산이라고는 하나 정리된 산길을 따르지 않고 깊숙이 진입하면 험한 산길이 펼쳐졌다.

사람의 흔적이 아예 끊긴 곳에 이르러서야 유신운은 걸음을 멈추었다. 기운을 끌어 올린 눈으로 주위를 둘러보던 유신운은 이내 경사진 산의 흙벽에 손을 가져다 대었다.

'이쯤에서 시작하면 되겠군.'

조용히 두 눈을 감은 유신운은 조심스럽게 스킬로 받아들인 지영술을 시전하기 시작했다.

그가 평소 사용하는 기의 흐름과는 전혀 다른 독특한 경로로 내기가 움직였다.

　기의 흐름에 모든 정신을 집중하던 그때.

　유신운의 머릿속에 미리 정사 비무 대회가 펼쳐지는 감숙성으로 보내 놓은 한왕호가 마지막으로 당부했던 말들이 떠오르기 시작했다.

　-한데 미리 알아 두셔야 할 게 있습니다. 제가 직접 가르쳐 드린다 한들, 지영술을 터득하려면 오랜 시간이 필요할 것입니다.

　다른 지둔공들은 단순히 땅을 빠르게 파내는 것이 다 입니다. 하지만 지영술은 그따위 잡공들과는 궤를 달리합니다.

　지영술은 '땅의 기운'을 느끼는 것에서부터 시작합니다. 몸의 기운을 땅의 기운과 동화시켜서 그 속에서 자유롭게 움직일 수 있게 만드는 것이 바로 지영술입니다.

　한왕호는 땅의 기운이 가장 중요하다고 강조했다. 아무리 무공이 뛰어난 이라도 땅의 기운을 느끼지 못하는 자라면, 평생을 노력해도 지영술을 배울 수 없다고도 했다.

　하지만 한왕호의 그런 걱정은 너무도 쓸데없는 일이었다.

　우우웅! 우웅!

　유신운이 손을 가져다 댄 흙벽에서 황톳빛의 빛줄기가 일렁이기 시작했다. 그리고 그 기운은 곧이어 손을 타고 유신운의 전신에 스며들었다.

유신운은 너무도 쉽게 땅의 기운을 인지함과 동시에 체내에 받아들이고 있었다.

'자연력을 사용하는 내가 땅의 기운을 못 느낄 리가 없지.'

자연력을 몸에 흡수하며 모든 자연의 기운을 느끼는 것에 민감해진 그였다.

한왕호가 말하는 땅의 기운이라는 것은 이미 한참 전에 느끼고 있었다.

[지영술에 상승의 깨달음을 얻었습니다.]

[지영술 스킬의 경험치가 대폭 상승합니다.]

[스킬 레벨이 상승하였습니다.]

기운의 흐름에 땅의 기운을 자연스럽게 혼합하며, 지영술을 완벽하게 펼쳐 낸 유신운은 속으로 감탄하고 있었다.

'이건 무공이라고 보기에는 약간 다르군. 오히려…….'

최종적으로 자연력을 느끼기 위해 사전에 배우는 훈련서 같은 느낌이었다.

'대성을 하면 생각지 않은 성과를 얻을 수도 있겠어.'

그 순간 유신운은 자신이 생각보다 훨씬 뛰어난 기연을 얻은 것일지 모른다는 사실을 깨달았다.

그렇게 마음 같아서는 조금 더 지영술에 대해 깊숙이 파고

들고 싶었지만, 시간이 부족했다.

유신운은 흙벽에 대고 있는 손에 땅의 기운을 집중했다.

쑤욱.

그러자 냇가에 손을 넣은 것처럼 손이 쑤욱 흙벽 속으로 빨려 들어갔다.

숨을 잔뜩 들이마신 그는 이내 자신의 온몸을 흙벽 속에 집어넣었다.

파앗.

흙 속으로 파고들자 유신운의 시야가 완벽한 어둠으로 뒤바뀌었다. 한 줄기의 빛조차 존재하지 않았다.

본능적인 공포심이 자연스레 고개를 치켜들었지만, 유신운은 가볍게 무시해 버리며 한왕호의 조언을 되새겼다.

ー주의해야 할 점은 땅속에 침투하면 시야가 완전히 사라진다는 것입니다.

시각의 공포심을 극복하고 나면, 다음으로 위아래에 대한 방향 감각을 끝없이 되새김과 동시에 세밀히 호흡을 조절해야 합니다.

만약 방향 감각을 놓치면 땅속 깊은 곳으로 잘못 이동해서 영원히 빠져나오지 못하고, 호흡 조절을 실패하면 숨이 부족해 땅속에 파묻혀 죽습니다.

한왕호의 말처럼 지영술은 땅속을 자유롭게 유영할 수 있다는 거대한 장점에 견줄 만한 위험성을 지니고 있는 무공이었다.

까딱 실수한다면 유신운이라 한들 목숨을 잃을 수도 있었다.

'조금만 기운 조절을 잘못해도 큰일 나겠군.'

정신을 가다듬은 유신운은 수영을 하듯 팔다리를 움직였다.

머릿속에 지도처럼 새겨 놓은 충의각의 위치를 계속해서 떠올렸다.

스킬 레벨이 올랐음에도 아직 지영술의 경지가 완숙하지 않았기에 이동속도는 더뎠고.

이동할수록 온몸을 짓누르는 듯한 거대한 압력이 느껴지기 시작했다.

게다가 체내의 기운들이 엄청난 속도로 소모되고 있었다.

그러나 유신운은 포기하지 않았다. 한 번도 쉬지 않고 계속해서 몸을 움직였다.

'흡! 조금만 더.'

하지만 한계는 다가오고 있었다. 기운이 부족해지자 점차 숨까지 조금씩 부족해지기 시작했다.

'놈의 말대로 조금 더 수련을 해야 했던 건가.'

하지만 지금 충의각의 망자들을 거두지 않는다면, 어떤 일이 벌어질지 모르는 비무 대회에서 이들을 사용할 수 없을 터였다.

포기할 수 없었다.

유신운이 악과 깡으로 버텨 내며 이동하고 있었지만, 어쩔 수 없이 상하의 감각이 더뎌지고 호흡이 끊길 것만 같았다.

한데 그때였다.

스아아!

'이건!'

진광라흡원진공을 통해 유신운에게 한 줄기 기운이 흘러 들어오기 시작했다.

쇄아아! 파아아!

그리고 한 줄기의 기운을 시작으로 수없이 많은 기운이 파도처럼 흘러 들어왔다.

그렇게 체내에 기운이 넘쳐흐르며 상태가 회복되자.

'도착했다!'

좌아아!

유신운은 수많은 화경의 망자들이 내뿜고 있는 화려한 빛줄기들을 확인할 수 있었다.

"하아, 하!"

모용미가 거친 숨을 내뱉었다. 그녀의 백옥같이 희던 얼굴이 온통 땀과 흙먼지로 뒤덮여 있었다.

머리가 핑핑 돌며 어지러웠다.

당장이라도 쓰러질 것만 같았지만, 그녀는 이를 악물고 흔들리려는 검 끝을 바로잡았다.

따닥.

순간 기괴한 뼈 소리가 울려 퍼졌다.

그녀의 맞은편에서 대치하고 있던 골괴가 턱뼈를 부딪치는 소리였다. 놈의 흉악한 형상의 골검에서는 검사가 일렁이고 있었다.

저 괴물과 벌써 몇 날 며칠을 쉬지 않고 싸웠는지 제대로 기억조차 나지 않았다.

그때 골괴가 한 발을 뒤로 빼며 몸을 낮추었다. 여태껏 몇 번이나 본 특유의 기수식이었다.

다음 순간 진각을 박차며 폭발적인 속도로 달려드리라.

막을 수 있을까.

순간 그녀가 마음속으로 스스로에게 물었지만, 안타깝게도 긍정적인 답변은 들려오지 않았다.

'……실상 몇 번이나 죽은 목숨이니까.'

참을 수 없는 씁쓸함이 밀려왔다.

동료들과 뿔뿔이 흩어지고, 갑작스레 등장한 저 골괴는 그녀를 상회하는 무위를 지니고 있었다.

모용미의 경지는 절정 상급.

그러나 골괴는 초절정 초입인 듯했다.

그녀는 아직 검사를 발현시키지 못했고 저 기수식 이후에 나오는 초식에, 항상 그녀의 패배로 전투가 끝이 났다.

하지만 그럼에도 그녀가 아직 숨이 붙어 있는 이유는 하나였다. 골괴가 죽이지 않았기 때문이다.

절체절명의 순간을 맞닥뜨릴 때마다 골괴는 살초를 행하지 않았다. 그저 그대로 제자리에 선 채 제 검을 회수할 따름이었다.

다 잡은 먹잇감을 희롱하는 것인가.

한낱 요괴에게 이런 취급을 받다니.

부끄러움이 차올랐지만 꾹 참고 겨우 목숨을 부지했다.

그러곤 다시 내기를 회복한 후 돌아와 계속해서 싸움을 이어 갔다.

그때였다.

'온다!'

파바밧!

골괴가 그녀에게 전광석화처럼 달려들었다.

쐐애액!

그러자 그녀도 남아 있는 내기를 끌어 올리며 가문의 절기인 일엽락(一葉落)을 사용하였다.

모용세가의 일엽락은 강호에서 손꼽히는 신법 중 하나였다.

그녀는 뒤늦게 발을 뗐음에도 상대보다 한 발 먼저 지척에 도착할 수 있었다. 신법만은 그녀가 상대보다 한 수 위였다.

골괴를 노려보는 그녀의 눈빛이 타올랐다.

'이번에는 절대 구차하게 목숨을 부지하지 않겠다! 죽음을 각오하고 싸우리라!'

마음속에서 계속해서 솟구치는 불안함과 공포를 무릅쓰고, 그녀는 목숨을 걸기로 마음먹었다.

자신이 여기서 더 시간을 끌다가 혹여라도 놈들을 봉인하지 못한다면, 근방에 사는 무고한 양민들이 피를 흘리게 될 것이 분명했기 때문이다.

슈아아! 촤라라!

유려한 검로를 그리기 시작한 그녀의 검은 흡사 무희의 춤과 같았다.

허공에 무수한 호선이 이어지며 구천유수십일검(九川流水十一劍)이 펼쳐졌다.

촤아악! 서걱!

골괴의 온몸에 상처가 늘어가기 시작했다.

하지만 안타깝게도 그중에 어느 것도 치명상에 해당하는 것은 없었다.

모용미의 공격이 모두 무위로 돌아가자, 골괴의 공격이 이어졌다.

그아아아! 콰아아!

'크읏!'

정체를 알 수 없는 골괴의 무공은 무자비한 강검(强劍)이었다. 그녀의 구천유수십일검과는 완전히 상반되는 성격의 무공이었다.

검로가 투박하고 단조롭기 그지없었지만, 그 안에 담긴 파괴력은 엄청났다.

허공을 수놓던 그녀의 검로가 흔적도 없이 박살 나기 시작했다.

'안 돼! 어떻게든 이겨 보려고 더 많은 검로를 펼치려 했지만, 역시 내 힘으로는 부족해.'

다시금 고개를 드는 절망이란 감정에 그녀는 눈앞이 캄캄해지는 듯했다.

─시작도 하기 전에 포기부터 하는 건 대체 어디서 배운 버릇이냐!

그런데 찰나의 순간.

유신운이 내찰당원들을 향해 내뱉었던 일갈이 그녀의 머리를 뒤흔들었다. 깃들었던 잡념이 일시에 사라졌다.

그렇게 머리가 맑아지자 그동안의 훈련에서 구르며 배운 한 문장이 떠올랐다.

안 되면 되게 하라.

쐐애액!

그 순간 골괴의 검이 그녀의 머리를 노리고 내리꽂혔다. 지금까지와 달리 마무리를 짓는 완벽한 살초였다.

하나 그렇게 죽음을 목전에 둔 순간.

그녀의 머릿속은 어느 때보다 빠르게 돌아가고 있었다.

훈련 중 유신운이 흘리듯 자신에게 내뱉던 수많은 가르침이 그녀의 머릿속에서 폭발하듯 떠올랐다.

ㅡ너는 너의 검을 모르는군. 모용가의 검이 유려함에 바탕을 두고 있던가?

'아아!'

그래, 언제부터 모용가가 자신의 힘만으로 싸웠던가.

스아아!

모용미의 검에 백색의 기운이 아른거리기 시작했다. 이전까지 차올라 있던 검기와는 전혀 다른 기운이었다.

모용미가 검을 머리 위로 들어 올렸다. 벼락처럼 떨어지는 골괴의 검과 모용미의 검이 격돌하였다.

콰아아! 콰가가!

엄청난 폭음이 터져 나왔다.

하나 다음 순간, 놀라운 상황이 펼쳐졌다.

휘이이잉!

투둑!

바람이 찢어지는 듯한 소리가 나며 무언가가 허공을 날아 땅바닥을 나뒹굴었다.

놀랍게도 맞부딪쳤던 골괴의 팔뼈였다.

검을 쥔 채로 그대로 떨어져 나간 것이다.

'정말로 이뤄 냈어.'

그 모습을 지켜보던 모용미가 미소를 지어 보였다.

모용가의 검법들이 품은 가장 강력한 묘리는 다름 아닌 '두전성이(斗轉星移)'였다.

두전성이란 본래 북두칠성이 계절의 변화로 위치를 바꾸며 북극성 주위를 돌아가는 것을 뜻하지만.

모용가의 검법에서는 자신에게 가해지는 상대의 무공을 되돌리거나 마음대로 방향을 바꿔 버리는 묘리를 뜻했다.

모든 검술의 모체가 되는 묘리이지만, 모용가에서도 이 묘리를 제대로 사용할 수 있는 이는 극소수에 불과했다.

그만큼 강력하지만 깨달음을 얻기 힘든 묘리였다.

그러나 모용미는 유신운이 계획한 스켈레톤과의 수련을 통해 깨달음을 너무도 빠르게 앞당겼다.

골괴가 자신의 팔을 잃은 것은 모용미가 상대의 검에 담긴 힘을 그대로 되돌려 주었기 때문이다.

충격에 휩싸여 뒤로 물러난 골괴가 바닥을 뒹굴고 있는 자신의 골검을 집어 들었다.

하지만 모용미는 놈이 그러거나 말거나 별다른 신경을 쓰지 않았다. 그녀는 자신의 검을 내려다보고 있었다.

"……벽을 넘었어."

우우웅! 스르릉!

그녀의 검에서 검기가 아닌 실낱 같은 기운이 넘실거리고 있었다. 불완전하기는 하나 분명한 검사였다.

그 말인즉, 그녀가 절정 최상급의 경지에 올랐다는 뜻이었다.

처척!

그녀가 자세를 고쳐 잡았다.

상대가 초절정의 경지이기는 하나 초입일 따름이었다.

게다가 방심을 하다가 자신에게 한쪽 팔도 잃은 상태.

두전성이의 묘리와 검사가 있다면, 필히 꺾을 수 있으리라.

파바밧!

진각을 박차고 앞으로 돌진하는 그녀에게 두려움과 절망의 감정은 사라진 지 오래였다.

"끄응! 거참, 더럽게 길군."

덕광이 죽장을 지팡이처럼 짚으며 동굴 속을 걸어가고 있었다. 덕광의 몰골은 완전히 망신창이였다.

그 또한 모용미와 마찬가지로 며칠을 고생하며, 골괴와 전투를 벌인 탓이었다.

그는 몸 상태가 멀쩡하지 않았지만 걸음을 멈추지 않았다.

'다른 당원들은 괜찮을까?'

다른 당원들에 대한 걱정이 차올랐기 때문이다.

덕광은 자신의 실수로 제대로 된 준비도 못 하고 전투가 시작된 것 때문에 죄책감을 지니고 있었다.

그러던 그때였다.

'저건!'

시야 저 멀리, 어둠 속에서 불빛이 아른거렸다.

타다닷!

덕광이 앞으로 빛살처럼 달려갔다. 혹여라도 전투 중이라면 도와주기 위해서였다.

신법을 전력으로 발휘하여 불빛이 보이는 곳에 진입하였다.

"윽!"

환한 불빛에 순간 눈을 가렸다가, 이내 다시 보자 주변의 전경이 한눈에 들어왔다.

좁은 통로와 달리 넓은 공동이 자리하고 있었다.

그리고 그곳에는.

"아이, 뭐야. 독두네."

"며칠 사이에 왜 이리 살이 빠진 거야. 골괴인 줄 알고 깜짝 놀랐네."

자신과 마찬가지로 초췌한 몰골을 하고 있는 내찰당원들이 자리하고 있었다.

각자 흩어졌던 통로들이 모두 이곳으로 연결된 모양이었다.

"흐엉, 참으로 다행이오. 시주들, 모두 무사하셨구려……!"

덕광이 안도감에 훌쩍이며 말을 꺼내자, 다른 내찰당원들이 다가와 그의 어깨를 두드렸다.

죄책감을 품고 있던 그의 마음을 이해한 것이리라.

서로를 바라보는 그들의 눈빛에서는 이제 진정한 동료애가 빛을 발하고 있었다.

하지만 그것도 잠시뿐이었다.

그들은 서로 밀린 이야기를 쏟아 내기 시작했다.

"휴우, 보아하니 너도 엄청나게 구른 모양이군."

"말해 무엇하오. 정말이지 지독한 놈이었소."

각자 자신이 상대한 초절정 골괴에 대해 말을 나누기 시작한 것이다.

그들은 서로 대화를 하며 모두가 초절정의 경지에 해당하는 골괴들을 쓰러뜨렸다는 사실을 알게 되었다.

그러다 갑자기 각자 서로의 골괴가 가장 강했다는 화제로 변형되어 버렸다.

하지만 끝을 모르고 이어지던 그 열띤 토론은 싱겁게 끝나 버렸다.

"끄으! 주, 죽여 줘."

마지막으로 도착한 황보동의 상태를 보고 모두가 할 말을 잃었기 때문이다.

엉망이기는 하나 그래도 운신은 할 수 있는 상태인 그들과 달리 황보동은 겨우 기어서 공동에 들어왔다.

게다가 얼굴은 벌에 수십 방 쏘인 듯 커다랗게 부어 있었고, 뒤덮은 멍으로 새파랗게 변해 있었다.

"스, 승자는 정해진 것 같네요."

"……동감이다."

황보동의 골괴가 가장 강했던 것 같다고 모두가 고개를 끄덕였다.

가장 먼저 초절정 스켈레톤은 처치했던 황보동이 이런 몰골이 된 이유는 간단했다.

첫날 동굴을 떠나며 유신운이 모종의 조치를 해 두었기 때문이다.

유신운은 첩자라는 정체를 알고도 황보동을 가만히 내버려 둘 수 없었다. 혹시라도 다른 당원들에게 해코지를 할 수도 있으니까.

그렇기에 유신운은 창천무고로 가기 전에 놈을 조질 상대로 다른 스켈레톤을 하나 지정해 놓고 떠났다.

바로 유일랑이었다.

황보동이 숨긴 실력이 초절정 중급이라 할지라도, 감히 유일랑에게 이길 수 있을 리가 없었다.

–다른 애들이 통과해서 공동에서 뭉치기 전까지 적당히 조져 주세요.

그러나 안타깝게도 유일랑은 적당히라는 말을 몰랐다.

황보동은 지난 며칠간 펼쳐진 생지옥을 평생 잊지 못하리라.

골괴에 대한 이야기가 끝이 나자, 내찰당원들은 모두 천천히 서로를 확인했다.

그리고 그들은 굳이 말하지 않아도 모두의 경지가 한 단계 상승하였다는 것을 깨달을 수 있었다.

순간, 덕광이 탄성을 터뜨리며 말을 꺼냈다.

"오오, 투계 시주와 냉면 형제는 초절정의 경지에 이르렀구려! 참으로 대단하오!"

"뭐, 운이 좋았을 뿐이지."

남궁호가 부끄러운지 뒷머리를 긁적였다.

하지만 태일의 반응은 조금 달랐다.

"……아니, 정말로 운이 좋았던 것뿐일까?"

"예? 그게 무슨 말씀이십니까?"

태일의 말에 사경을 헤매고 있는 황보동을 제외한 모든 내찰당원이 집중했다.

얼굴을 굳힌 태일이 나지막한 목소리로 말을 꺼냈다.

"모두 느끼지 못했나. 마지막 순간을 제외하면 골괴는 우리의 목숨을 노리지 않았어. 그들은 마치…… 우리를 가르치려 하는 것 같았지."

"……무슨 말을 하는 것이오?"

덕광이 가라앉은 목소리로 말을 꺼냈다.

하지만 그 또한 태일이 하려는 말이 어떤 것인지 짐작은 하고 있는 듯한 말투였다.

"아직은 확실하지 않아. 하지만 내 생각에 이 골괴들은……."

한데 그가 말을 마무리 지으려던 찰나였다.

두두두! 드그그!

"뭐, 뭐지?"

갑작스레 공동이 흔들리며 거대한 소음이 쏟아지기 시작했다.

4장

떨림은 끝날 기미가 보이지 않았다. 오히려 갈수록 더욱 거세어져 갔다.

긴장을 풀고 편히 쉬고 있던 내찰당원들이 황보동을 제외하고 모두 자리에서 재빨리 몸을 일으켰다.

그리고 그들이 공격 태세를 갖춘 그때.

드그그! 콰가강!

폭파음과 함께 공동의 한쪽 벽에 구멍이 뚫렸다. 동굴 벽이 허물어지며 모래 먼지가 피어올랐다.

모래 먼지를 바라보던 내찰당원들의 표정이 딱딱하게 굳었다. 그 속에서 수많은 사람 형태의 윤곽이 보였기 때문이었다.

"……일단 급한 문제부터 해결해야겠군."

태일이 하려던 말을 속으로 삼키며, 송문고검에 내기를 불어 넣었다.

저벅저벅.

모래 먼지를 뚫고 일단의 무리가 모습을 드러냈다.

역시나 골괴들이었다.

그러나 그 수가 매우 많았다.

그들이 처음에 맞닥뜨렸던 무사, 궁수 골괴들을 비롯해 술사 골괴까지 있었다.

하지만 지금 이 순간 내찰당원들을 긴장하게 만드는 것은 그들이 아니었다.

'……저 골괴는?'

모든 골괴들의 중앙에 자리하고 있는 정체를 알 수 없는 검은 골괴가 바로 그들 모두의 시선을 장악하고 있었다.

"히, 히익!"

그때 겨우 정신을 차린 황보동이 검은 골괴를 보고는 기겁을 하며 가쁜 신음을 쏟아 내기 시작했다.

새하얗게 질린 얼굴로 황보동은 몸을 벌벌 떨어 댔다.

검은 골괴의 정체는 황보동이 상대했던 유일랑이었다.

"……아무래도 저 흑골괴가 요괴들의 수장인 것 같군요."

"휴우, 종전에 싸웠던 놈보다 배는 강한 것 같군. 오랜만에 좀 곤히 잘 수 있나 했더니."

모용미가 나지막한 목소리로 말하자, 경초방이 고개를 절레절레 저었다.

그들 모두 무위가 한 단계 상승하였던 터라 술사 골괴와 나머지 무리들은 해치울 수 있다는 확신이 있었다.

하지만 골괴들의 수장인 듯한 저 흑골괴는 아무리 보아도 도저히 이길 수 있을 것 같지 않았다. 보면 볼수록 그들의 경지를 아득히 넘고 있다는 것이 느껴졌기 때문이었다.

그러나.

그들이 쥔 검은 압도적인 격차를 지닌 상대를 보고도 흔들리지 않았다.

이전과 같이 싸우기도 전에 포기하지 않았다.

"그래도 해 보지 않고는 모르는 일이지."

팽승구가 애체를 치켜세우며 말을 꺼내자, 모두가 함께 고개를 끄덕였다.

그들이 이곳에서 시간을 쏟으며 얻은 깨달음이었다.

"온다!"

쐐애액! 피유융!

순간, 궁수 골괴들이 쏘아 낸 수많은 화살들이 허공을 수놓으며 전투가 시작되었다.

내찰당원들의 공격은 중구난방이었던 이전과는 전혀 달랐다. 편을 가르지 않고 9명이 하나가 되어 유기적으로 움직이고 있었다.

"화살은 내게 맡겨요!"

그러던 중 언소소가 앞으로 튀어 나갔다. 그런 그녀의 전신에서 잿빛의 기운이 넘실거리고 있었다.

파밧!

지면을 박차며 높이 뛰어오른 그녀는 몸을 팽이처럼 빠르게 회전시켰다.

날아드는 화살의 궤도 안쪽이었기에, 그런 그녀에게 수많은 화살이 쏟아지고 있었다.

그러나 다음 순간.

티티팅! 티팅!

놀랍게도 그녀의 몸을 맞힌 화살들이 모두 박살이 난 채 바닥으로 후드득 떨어졌다.

화살들을 모두 무위로 돌린 후, 그녀는 지면에 착지했다.

하나 수많은 화살에 적중되었음에도 그녀의 몸은 털끝 하나도 다치지 않았다.

언가의 절기인 강신공(强身功)이었다.

외공과 내공이 절묘하게 합쳐진 무공이었는데, 강호인들에게 강시공이라 불릴 정도로 엄청난 방어력을 자랑하였다.

일시적으로나마 도검불침이 되어 작은 고통도 느끼지 않게 되는 무공이었다.

"고맙소, 언 소저!"

"심히 좋았다!"

언소소가 화살을 막아 준 사이, 다른 8명의 내찰당원들이 아무런 방해 없이 성공적으로 적진까지 돌격할 수 있었다.

순식간에 자신들에게 도착한 적들을 보고 당황한 무사 골괴들이 각자의 무기를 치켜세웠지만.

"극락왕생하시오!"

"그래, 부디 두 번 해라! 이 자식들아!"

퍼어억! 콰앙!

그것보다 덕광의 손바닥과 경초방의 타구봉이 먼저 그들의 머리통을 깨뜨렸다.

소림의 항마복호장(降魔伏虎掌)과 풍파타구육결의 기초가 되는 타구십팔초가 소나기처럼 그들에게 쏟아지고 있었다.

쿠아아! 화르륵!

수하들이 곤혹을 치르는 모습을 보곤 리치가 마력을 끓어올리며 스킬을 시전할 준비를 했다.

지팡이 끝에서 불덩어리가 점차 크기를 더하며 타오르기 시작했다.

"두 번은 안 당한다!"

"마졸, 죽어라!"

하지만 미처 스킬이 완성되지 못한 찰나.

섭웅의 쾌검과 팽승구의 패도가 리치에게 휘몰아쳤다.

횡으로 휘둘린 청운적하검(靑雲赤霞劍)이 리치의 허리를 갈랐고, 종으로 내리꽂힌 건곤탈백도가 리치의 정수리를 쪼

갰다.

쩌적! 쩌억!

검과 도가 십자로 교차하며 네 조각이 된 리치가 바닥에 흉물스럽게 나뒹굴었다.

그리고 그와 정확히 같은 때에.

모용미와 정현이 신법을 전력으로 발휘하여 궁수 골괴들의 뒤를 파고들었다.

푸우욱! 스극!

두 사람은 사라진 자신들을 찾으며 허둥대는 궁수 골괴들을 순식간에 처리하기 시작했다.

'됐다!'

'우린 정말로 강해졌어!'

처음에 맞닥뜨렸을 때만 해도 버거웠던 골괴들을 순식간에 처치하는 데에 성공하자, 내찰당원들은 자신감이 차올랐다.

하지만.

안타깝게도 그 자신감은 그리 오래가지 못했다.

전투를 끝마친 내찰당원들이 흑골괴와 싸우고 있는 남궁호와 태일의 모습을 확인한 순간.

차올랐던 자신감은 싸늘하게 식어 버렸다.

"크윽!"

"흐읍!"

그것은 싸움이라고 말하기에는 너무나 처참한 광경이었다.

부우웅! 콰아아!

흑골괴는 가볍게 검을 휘두르고 있었지만, 두 사람은 막는 것만으로도 힘겨워하고 있었다.

벽을 넘고 초절정의 경지에 들어선 두 사람의 검에는 선명한 검사가 형상을 갖추고 있었다.

그렇게 자격을 갖추며 창궁무애검법과 태청검법의 파괴력이 이전보다 훨씬 더 증가하였을 텐데도 제대로 된 반격조차 하지 못하고 있었다.

'이대로는 안 돼!'

파바밧! 파밧!

심각함을 느낀 나머지 7명 모두 흑골괴에게 전광석화처럼 덤벼들었다.

채채챙! 채챙!

무기와 무기가 맞부딪치며 허공에 수많은 불꽃을 수놓았다.

내찰당원들은 단순한 공방에도 팔이 떨어져 나가는 것 같은 고통을 느끼고 있었지만, 모두 이를 악물고 버텨 냈다.

침음을 흘리는 이도 없었다. 다른 내찰당원들의 사기에 영향이 갈까 참고 있는 것이었다.

하지만 열세는 어쩔 수 없었다. 갈수록 그들의 몸에 생채기가 늘어가고 있었다.

그러던 그때였다.

쨍강!

검 한 자루가 지면에 나뒹굴었다.

흑골괴의 검격을 무리해서 두전성이로 되받아치던 모용미가 결국 내기를 받아 내지 못하고 검을 놓치고 만 것이다.

쐐애액!

"모용 소저!"

공기가 찢어지는 파공성과 함께 그녀의 머리로 흑골괴의 검이 내리꽂히고 있었다.

'끝인가.'

모용미가 자신의 최후를 직감한 그 순간.

쿠아아아! 콰아앙!

통로 쪽에서 휘몰아친 강렬한 도풍이 흑골괴를 강타했다.

도풍에 정통으로 맞은 흑골괴는 처음으로 허공을 날아 바닥을 나뒹굴었다.

그녀가 고개를 돌렸다.

'……!'

생각지 않은 이의 등장에 그녀의 눈동자가 파르르 떨렸다.

뒤늦게 확인한 나머지 내찰당원들도 놀람과 함께 밝은 미소를 지어 보였다.

"당주님!"

"시주, 믿고 있었습니다!"

놀랍게도 유신운이 모습을 드러냈다.

당주의 등장만으로 왜 이리 든든해지는지 그들 스스로 놀라울 따름이었다.

"모두 뒤로 물러나라."

"합공을 해야 합니다. 저 요괴의 실력이 심상치가 않습⋯⋯!"

"물러나라 했다."

유신운이 한 번 더 말을 하고 나서야, 내찰당원들은 쓰러진 모용미를 수습하며 뒤편으로 물러났다.

그 순간 유신운을 바라보는 태일의 눈은 미묘한 빛을 띠고 있었다.

투툭.

흙먼지를 털어 내며 흑골괴가 자리에서 몸을 일으켰다. 텅 빈 동공에서 놈의 안광이 분노로 거세게 타오르고 있었다.

그리고 다음 순간.

화르르! 화아아!

흑골괴의 전신에서 뿜어진 흉험한 기운이 공동을 뒤흔들었다. 그리고 흑골괴의 검에서 솟아오르고 있던 검사가 저들끼리 합쳐지며 점차 모습을 변모하기 시작하였다.

그 모습을 보며 내찰당원들이 경악을 금치 못했다.

"마, 말도 안 돼!"

"⋯⋯강기!"

흑골괴의 검에서 피어오른 것은 다름 아닌 강기였다. 요괴는 화경의 무위를 지니고 있었던 것이다.

그것을 본 내찰당원들은 다시금 전장에 합류하려 했다. 유신운으로서도 무리라고 생각했기 때문이었다.

'당주님으로서도 무리야!'

'우리가 도와드려야……!'

하지만 그들은 행하던 움직임을 멈출 수밖에 없었다.

지이이잉! 치지직!

유신운의 도에서도 뇌기로 이루어진 도강이 빛을 토해 내기 시작한 것이다.

내찰당원들은 더한 충격에 휩싸였다.

'……초절정 상급이 아니었어?'

'다, 당주님이 화경에 올랐었다니!'

그들은 유신운의 무위를 직접 본 적이 없었다.

맹주가 동년의 자신보다 뛰어나다고 했다는 소문이 돌았지만, 황궁의 총애를 받고 있는 유신운을 띄워 주기 위해 한 말 정도로 치부하였다.

그런데 정말로 유신운은 동년의 담천군을 뛰어넘는 무위를 지니고 있었던 것이다.

파아앗! 파밧!

그때 둘의 신형이 그들의 눈앞에서 사라졌다.

콰가가! 콰아앙!

그리고 잠시 후, 공동의 중앙에서 거대한 폭발음과 함께 검강과 도강이 맞부딪쳤다.

초인의 영역에 오른 그들의 속도를 내찰당원들의 눈이 따라가지 못하고 있었던 것이다.

흑골괴가 칠흑의 검강을 흩뿌리자 공동이 어둠으로 뒤덮였고.

뒤이어 유신운이 백색의 도강을 휘두르자 다시금 공동은 빛을 되찾았다.

내찰당원들은 두 존재의 싸움이 이 세상의 것이 아닌 것처럼 느껴졌다.

쿠아아! 콰아앙!

검강과 도강이 맞부딪치며 생겨난 거대한 충격파로 흑골괴와 유신운이 거리를 두고 떨어졌다.

잠시간의 소강상태가 이어지고 있었다.

그 모습을 보며 태일은 머릿속이 복잡했다.

'……뭐지? 골괴들과 당주님은 어떤 연관이 있었던 것이 아니었나?'

사실 그는 자신들을 해하지 않고 깨달음을 얻는 데 도움을 준 골괴들이 유신운과 어떠한 연관이 있다고 추측하고 있었다.

그런데 눈앞의 상황을 보니 자신이 잘못 추측한 것 같았다.

흑골괴와 유신운의 싸움은 처음부터 끝까지 살초였다.

그러나.

당혹스러운 것은 그뿐만이 아니었다.

'아오! 미안하다니까요, 진짜!'

유일랑과 싸우고 있는 유신운 또한 답답하기 그지없는 심경이었다.

사실 유일랑과의 싸움은 이렇게 길어질 일이 없었다.

본래의 계획은 처음 유일랑에게 도풍으로 날렸을 때 해치운 것으로 마무리하고 역소환하는 것이었다.

하지만 유신운이 그만 힘 조절을 잘못하여 애초의 계획보다 유일랑에게 과한 충격을 주고 말았고.

속된 말로 빡돈 유일랑이 진심 상태가 되어 자신에게 살기가 등등한 검격을 쏟아 내기 시작한 것이다.

'영감님, 이제 적당히 하고 그만 물러나시……!'

유신운이 유일랑을 달래기 위해 의념을 전달하던 그때.

유일랑은 들을 필요도 없다는 듯이 하늘로 높이 들어 올린 자신의 검을 유신운에게 내리꽂았다.

번개가 내리꽂히듯 칠흑의 검강이 유신운에게 쏟아졌다.

콰아아! 쩌저적!

급하게 전개한 비뢰신으로 유신운이 겨우 공격을 피해 냈지만.

'이 영감탱이가 진짜!'

떡하니 쪼개진 지면을 확인한 유신운은 분노가 치밀어 올랐다.

까닥까닥.

그러던 그때 시선을 마주친 유일랑이 손가락뼈를 움직였다.

빠득!

유신운이 이를 꽉 깨물었다.

그리고 내찰당원들에게 들리지 않을 자그마한 목소리로 혼잣말을 내뱉었다.

"좋아, 해보자는 거죠?"

유신운의 전신에서 뇌기가 튀어 오르기 시작했다.

⌄

사실 유신운은 여태껏 유일랑과 무수한 대련을 해 왔지만, 단 한 번도 그를 이겨 본 적이 없었다.

단순한 무위나 경지의 차이보다도 유일랑이 체득한 수많은 깨달음의 차이가 존재했기 때문이었다.

유일랑이 단순히 행하는 동작 하나에도 유신운이 아직 근접조차 못 한 깊이 있는 깨달음이 담겨 있었다.

그러나.

지금 이 순간 유신운은 자신감이 넘쳐흐르고 있었다.

자신이 질 것이라는 걱정 따위는 조금도 존재하지 않았다.

이유는 간단했다.

두 사람은 각자 불리한 조건을 지니고 있었다.

유신운은 내찰당원들이 뒤에서 지켜보고 있었기에 사령술이나 자연력을 사용할 수 없다는 것이었고.

'아무리 그래도 뇌운십이검을 안 쓰고 절 이길 수는 없으실걸요, 영감님.'

유일랑의 경우, 유신운과 같은 무공을 사용한다는 사실을 숨겨야 했기 때문에 뇌운십이검을 쓰지 못하는 것이었다.

아무리 그래도 뇌운십이검이 없는데 자신이 질 수가 있겠나.

……그때까지만 해도 유신운은 그렇게 쉽게 생각하고 있었다.

스으웃!

유신운의 신형이 대막의 신기루처럼 일렁였다.

다음 순간, 이미 그는 유일랑의 눈앞에 당도하여 있었다.

너무나 빠른 속도로 몸을 날리자 제자리에 잔상이 남은 것이었다.

검과 검이 맞부딪쳤다.

쩌거정! 그우웅!

마치 범종이 울린 듯 거대한 소음과 충격파가 발생하였다.

그에 둘 모두 쏟아지는 힘의 방향을 따라 허공에서 한 바퀴 몸을 회전시키며 뒤로 물러났다.

그때 유신운이 멈추지 않고 공세를 이어 갔다.

그아아! 콰아!

이글거리던 백색의 뇌도강이 더욱 거세게 타오르기 시작했다. 내찰당원들이 눈으로 따라가지도 못할 빠른 속도로 유신운의 검이 위에서 아래로 수차례 낙하했다.

뇌운십이검.

변초.

뇌운직강 사연격(四連擊).

드그그그! 콰가가!

유신운의 검에서 쏟아진 초승달 모양의 4개의 도강이 공동의 지면을 쪼개며 유일랑에게 사정없이 날아들었다.

아무리 엄청난 방어력을 갖춘 유일랑의 흑골이라 하더라도, 사방을 점하며 날아드는 저 도강만큼은 쉽지 않을 터였다.

그러나 유일랑의 대처는 너무도 민첩했다.

쿠웅!

유일랑이 무릎 높이까지 들어 올린 발로 지면을 세차게 내리찍었다. 지면이 파도치듯 거세게 들썩임과 동시에 유일랑의 전신에서 칠흑의 내기가 폭사되었다.

그르르! 콰아아!

유일랑에게 휘몰아치던 초승달의 강기들이 모두 그 내기의 폭풍에 휩쓸렸다. 그러자 유신운의 강기들이 이내 아무일도 없던 것처럼 사라져 버렸다.

잔잔한 물결이 강대한 파도에 섞여 버리듯, 더 큰 힘에 잡아먹힌 듯한 모양새였다.

그 순간 유일랑이 이것밖에 안 되냐는 듯 고개를 가로저었다.

파아앗!

그러곤 이번에는 본인이 전광석화처럼 유신운에게 달려들었다.

그 모습을 보곤 칫 하고 혀를 찬 유신운 또한 검을 고쳐 잡고 앞으로 돌진했다.

둘의 검이 허공에서 수십 차례 교차했다.

콰가강! 콰가!

일합이 맞부딪칠 때마다 거센 내기의 파동이 공동 전체를 진동시켰다.

"크윽!"

"우욱!"

그에 지켜보던 내찰당원들이 신음을 토해 냈다.

몇몇은 가슴을 움켜쥐며 헛구역질까지 하는 이도 있었다.

휘몰아치는 기의 파동이 그들의 내부마저도 진탕시키고 있었던 것이다. 지켜보는 것만으로도, 가만히 자리에 서 있는 것만으로도 엄청난 내력이 소모되고 있었다.

우우우웅! 그아아아!

그런 찰나 허공으로 뛰어 오른 유일랑의 검 끝에서 종전의 배 이상으로 부풀어 오른 강기덩어리가 빛을 발했다.

'뇌운십이검을 못 쓰니 그냥 무식하게 때려 박겠다 이겁니까!'

그그그극!

그렇게 생각하며 유신운이 다급히 검으로 지면에 길게 선을 그었다.

쿠와아아!

그러자 그은 지면의 선에서 뇌기의 벽이 솟구쳐 올랐다.

뇌운십이검의 초반 사초식인 견뢰벽(堅牢壁)이었다.

견뢰벽은 뇌기로 벽을 세워 상대방의 공격을 막아 내는 뇌운십이검 유일의 수비식이었다.

본래 견뢰벽은 검사를 기초로 하여 사용하는 초식이지만, 도강으로 대체하자 비교할 수 없이 단단한 방벽이 모습을 드러내었다.

견뢰벽을 구성하는 내기의 결속력은 내찰당원들로 하여금 감탄을 자아내게 만들 정도였다.

그러나 유일랑은 공격을 돌이키지 않았다.

막는 것은 부숴 버리면 그만이라는 듯.

슈아아! 쐐애액!

패기 넘치는 기세로 허공에서 그대로 검을 내리그을 뿐이었다. 바람이 찢어지는 듯한 파공성과 함께 칠흑의 검강이 견뢰벽을 향해 휘몰아쳤다.

허공에서 마치 살아 있는 생명체처럼 움직인 유일랑의 검강이 견뢰벽을 강타하였다.

아니, 강타하려는 순간이었다.

씨익.

무슨 이유에선가 유신운이 회심의 미소를 지어 보였다.

'그러실 줄 알았습니다!'

푸욱!

이어 유신운이 느닷없이 자신의 검을 지면에 박아 넣었다.

촤아아! 쑤우욱!

그러자 견뢰벽이 마치 보자기처럼 덩치가 불어나더니, 이내 칠흑의 검강을 집어 삼켰다.

뇌운십이검 신운류.

변초.

견뢰벽 파쇄살(破碎殺).

콰아아아! 퍼퍼퍼펑!

칠흑의 강기를 삼키고 풍선처럼 한껏 부풀었던 견뢰벽이 일순간 폭발하며 수십 갈래로 나뉜 강기의 파편을 유일랑에게 쏟아 내었다.

지면에 착지한 유일랑은 허공을 뒤덮은 강기의 폭우를 확인했다. 유일랑의 텅 빈 동공에서 타오르고 있던 불꽃이 처음으로 흔들렸다.

그럴 만도 했다.

파쇄살은 유일랑의 손길이 전혀 닿지 않은 유신운이 독창적으로 변형해 낸 초식이었기 때문이었다.

'자, 한동안 좀 편히 쉬십시오!'

유신운이 끝이라 생각한 그때였다.

[소환수, '유일랑'이 봉인하고 있던 본신의 무공 '――'을 일시적으로 해금합니다.]

갑자기 유신운의 눈앞에 알 수 없는 내용의 시스템 메시지가 떠올랐다.

'……뭐?'

유신운이 표정에 떠오르는 당황의 빛을 숨기지 못했다.

하지만 유신운이 그러거나 말거나 유일랑은 조금도 신경 쓰지 않았다.

스아아아! 파아아!

그의 전신에서 전혀 다른 내기가 폭발적으로 피어오르기 시작하였다.

유일랑의 몸을 감싼 미지의 기운을 느낀 순간, 유신운의 눈이 터질 듯이 커졌다.

유일랑이 사용할 것이라고는 전혀 생각도 못 한 기운이 거친 파동을 만들어 내고 있었기 때문이었다.

'……마기?'

그랬다. 유일랑이 꺼내 든 기운은 다름 아닌 마기였다.

퍼퍼퍼펑! 퍼펑!

수많은 강기의 파편이 유일랑에게 폭우처럼 내리꽂혔다.

수십 차례 폭음이 터져 나왔지만, 피어오른 모래 먼지가 걷힌 뒤에도 유일랑은 이전과 똑같은 모습으로 자리하고 있었다.

투명한 장막을 두른 것처럼 조금의 타격도 없었다.

우우웅! 우우웅!

흑마염태도가 유일랑이 내뱉는 마기를 느끼곤 미쳐 날뛰고 있었다.

폭주를 했다가는 걷잡을 수 없는 일이 생길 것이기에, 유신운은 자신의 기운으로 겨우 진정시켰다.

'……난리를 칠 만도 한가.'

유신운은 흑마염태도가 갑작스레 이렇게 발광을 하는 것도 이해가 가긴 했다.

현재 유일랑이 쏟아 내고 있는 마기가 지금까지 유신운이 마주쳤던 마인의 그것들과는 차원이 다르다는 것이 너무나

명확했기 때문이었다.

정순한 마기라고 하면 말이 되지 않는 것일까?

하지만 그렇게밖에는 표현할 수 없을 것 같았다.

동화선기가 극한의 선기라면, 저 마기는 그것의 대척점에 있는 기운이었다.

'……이것이 영감님의 마지막 비밀입니까.'

유신운이 의문이 가득한 표정으로 유일랑을 바라보고 있었다.

대치가 길어지던 그때, 공동에 퍼져 나가기 시작한 유일랑의 마기가 전혀 다른 이에게까지 영향을 끼치고 있었다.

내찰당원들에 의해 커다란 암석 뒤로 옮겨져 누워 있던 황보동이 스르륵 몸을 일으켰다.

유일랑을 지그시 바라보는 그의 눈이 흐리멍텅했다.

마치 혼이 빠져나간 사람 같았다.

찰나의 순간.

두근!

느닷없이 황보동이 몸속에 숨겨 두었던 마기 한 조각이 맥동했다.

유일랑의 정체불명의 마기가 주위에 있는 자의 마기를 강화시키고 또 생동시키는 특성을 지니고 있었던 탓이었다.

'헙!'

그에 황보동은 식겁하며 뒤늦게 제정신을 번쩍 차렸다. 그러곤 식은땀을 흘리며 제 주변을 확인했다.

다행히 주변에는 아무도 없었다.

내찰당원들은 암석 앞에서 유신운의 싸움을 지켜보고 있었다.

'크, 큰일 날 뻔했다.'

황보동은 마른침을 꿀꺽 삼켰다. 십년감수를 했다.

동공을 가득 채운 흑골괴의 마기가 자신의 마기를 덮어 주었기에 망정이지, 하마터면 자신의 정체를 들킬 뻔한 것이다.

'……움직여야 해.'

"으으, 이게 무슨 일이야?"

황보동은 의심을 받지 않기 위해 비틀거리며 내찰당원들이 있는 곳으로 걸어 나갔다.

"황보 시주, 움직이면 아니 되오!"

"오시면 안 돼요! 내, 내상이 심해질 수 있어요!"

그러자 다른 내찰당원들이 걱정 어린 눈빛을 그에게 보냈다.

하지만 딱 한 사람만은 황보동을 보며 속내에 다른 생각을 하고 있었다.

"……괜찮아 보이니 다행이군."

그건 바로 무당의 태일이었다.

겉으로 보기에는 그 또한 주변 내찰당원들과 똑같이 황보동을 걱정하는 모습으로 보였다.

하지만 그것은 연기에 불과했다.

그는 자신이 놀랐다는 사실을 티 내지 않기 위해 애를 쓰고 있었다.

모두의 시선이 다시금 유신운에게로 옮겨지던 찰나.

태일이 아무도 모르게 슬며시 황보동을 바라보았다. 그의 눈빛에는 충격과 의구심이 가득 담겨 있었다.

'……찰나였지만, 방금 느낀 것은 분명히……. 아니야, 그럴 리가 없어. 황보세가의 장남이 왜…….'

그랬다. 태일은 내찰당원 중 유일하게 황보동의 마기를 감지한 것이다.

하지만 쉽사리 믿을 수 없는 사실에 자신이 착각한 것이 아닐까 몇 번이고 되묻고 있었다.

그러나 그럴 리가 없음은 본인이 가장 잘 알고 있었다.

황보동의 마기를 감지해 낸 무공을 전수해 준 존재가 결코 평범한 이가 아니었기 때문이었다.

태일이 무당파의 장문인인 현학도장의 제자가 되던 날.

−무량수불, 무량수불. 아아, 이 일을 어이 할꼬.

태일은 처음이자 마지막으로 현학도장의 스승이자 무당파의 태사부인 옥허진인을 만나게 되었다.

그런데 옥허진인은 태일을 처음 보자마자 연신 도호를 되뇌었다.

─……아해야, 명심하고 또 명심하거라. 절대로 이 가르침을 잊으면 아니 된다. 훗날 강호에 벌어질 대환란을 막기 위함이니라.

현학도장을 포함해 그 누구에게도 절대 배운 것을 말하지 말라는 엄포와 함께 옥허진인은 어떤 미세한 마기라도 감지해 낼 수 있는 특별한 무공인 금정안(金正眼)을 전수해 주었다.

─아해야, 너에게 너무 많은 짐을 드리우는 것을 부디 용서하려무나. 슬프게도 이리할 수밖에 없도다. 나 또한 다른 곳에서 해야 할 일이 있음이니.

그리고 이튿날, 옥허진인은 모습을 감추었다.

당시 태일은 철부지 소년이었지만, 옥허진인이 남긴 말들은 항상 그의 머릿속에 계명처럼 새겨져 있었다.

태일은 순간 옥허진인이 자신에게 금정안을 가르쳐 준 이유가 모두 지금 이때를 위한 것이 아닌가 하는 직감이 들었다.

'……누구에게도 섣불리 말할 수 없다. 황보세가에 마인이

숨어 있거늘. 대체 맹의 어느 누구를 믿을 수 있겠는가…….'

그 순간, 어찌 할 바를 도저히 모르겠는 태일의 머릿속에 옥허진인이 남긴 마지막 말이 떠올랐다.

─걱정하지 말거라, 아해야. 너를 도울, 또 네가 도와야 할 이가 분명히 나타날 것이니라.

쿠아아! 콰아앙!

터져 나온 폭음에 태일이 고개를 돌렸다.

유신운과 유일랑의 싸움이 다시금 시작되었다.

'후우.'

자신을 향해 끝없이 쇄도하는 유일랑의 검을 겨우 피해 내며 유신운은 혀를 내둘렀다.

평범한 마기와의 구별하기 위해 일시적으로 이름 붙인, 일명 '순마기'를 사용하는 유일랑의 파괴력은 상상을 초월했다.

초식도 없이 그저 휘두르는 것뿐인데, 검강과 도강이 맞닿을 때마다 마비된 것처럼 손의 감각이 사라지고 있었다.

조금이라도 긴장을 놓치면 그대로 칼을 놓쳐 버리고 말리라.

게다가 순마기는 상대방의 기혈로 파고드는 특성을 지니고 있었다. 파고드는 데 성공하면 상대방의 기혈 속에서 떡하니 자리를 잡고 다른 기운들을 집어 삼키려 했다.

　모든 것을 정복하려는 의지 같은 것이 느껴졌다.

　'천만다행이로군.'

　만일 동화선기가 순마기를 진정시키지 않았더라면, 혹은 흑마염태도와 광라흡원진공이 분산해서 순마기를 흡수하여 주지 않았더라면 유신운은 크게 낭패를 볼 뻔하였다.

　생전 처음 보는 공격법이었다.

　그러던 그때 무슨 생각을 떠올렸는지 유신운의 눈에 이채가 떠올랐다.

　파즈즈! 스아아!

　뇌전이 튀어 오르던 유신운의 도강에서 짙은 선기가 뿜어져 나오기 시작했다.

　정신을 맑게 해 주는, 그 농도 짙은 선기에 지켜보고 있던 내찰당원들은 본인도 모르게 탄성을 쏟아 냈다.

　파바밧!

　'똑같이 갚아 드리죠!'

　포탄처럼 앞으로 맹렬히 튀어나간 유신운이 유일랑에게 참격을 쏟아 냈다.

　그에 유일랑 또한 그대로 되받아쳤다.

　콰아아! 콰가가!

검강과 도강이 충돌하며 생성된 거센 충격파가 파도처럼 퍼져 나가며 공동을 들썩이게 만들었다.

공방이 이어 가는 동안 유신운의 표정은 이전보다 밝아져 있었다.

'좋아, 훨씬 낫다.'

유신운은 검강과 도강의 공방에서 유일랑이 순마기를 자신의 기혈로 침투시켰던 것처럼, 유일랑의 체내로 동화선기를 스며들게 했다.

그렇게 하자 강기끼리의 충돌에서 감각의 마비가 확연히 줄어들었다. 반대로 유일랑의 움직임이 눈에 띄게 느려져 있었고.

그제야 유신운은 또 하나의 깨달음을 얻을 수 있었다.

'아아, 화경 이상의 무인끼리의 싸움에서는 이런 것이 필수적이구나.'

심득을 얻은 유신운은 자신이 싸우고 있다는 사실조차 잠시 잊은 채 무의식 상태에서 유일랑과 합을 겨루기 시작했다.

그렇게 유신운이 망아(忘我)의 상태가 된 것을 확인한 유일랑의 동공의 불꽃이 거세졌다.

만일 스켈레톤이 표정을 지을 수 있다면 환하게 웃음을 짓고 있을 터였다.

유일랑은 유신운의 상태를 깨뜨리지 않았다.

망아의 상태가 더 오래 유지되도록 유신운의 검로에 맞추어 검을 휘두르기 시작했다.

그는 처음부터 분노에 휩쓸려 감정적인 전투를 벌인 것이 아니었다.

유신운의 경지를 끌어올려 주기 위해 그런 척을 했을 따름 이었다.

채채챙! 채챙!

연신 불꽃이 튀어 오르며 유신운이 뻗는 검로가 더욱 날카 롭고 정확해지고 있었다.

그런 와중에 유일랑은 유신운이 자연스럽게 새로운 힘을 발휘하도록 유도했다.

슈아아! 촤아아!

유신운의 전신에서 뿜어져 나오던 환한 빛줄기가 흐린 하 늘의 오운(烏雲)처럼 묵빛으로 바뀌기 시작하였다.

유신운이 이전에는 내공이 부족하여 감히 사용하지 못했 던 뇌운십이검 중반부의 두 번째 초식을 시전하고 있었다.

뇌운십이검.

육초.

묵천뢰(墨天雷).

우르르르! 콰가가!

수십 개의 벼락이 동시에 내리꽂힌 것 같은 거대한 폭음이 터져 나옴과 동시에 눈이 멀듯한 빛줄기가 공동을 감쌌다.

내찰당원들이 시선을 돌렸다가 빛이 잦아들자 다시금 전방을 확인했다.

"……!"

유신운의 모습을 확인한 내찰당원들이 경악했다.

마치 신화 속에 나오는 뇌기의 화신이 저러할까.

유신운의 전신을 묵빛의 뇌전이 감싸고 있었다.

파즈즈즈! 촤라라!

유신운이 유일랑을 향해 돌진하자 거대한 뇌명이 공동을 뒤흔들었다.

유신운은 발을 떼자마자 유일랑의 눈앞에 당도하여 있었다. 유일랑이 반응을 하기도 전에 유신운의 도강이 사방에서 쏟아졌다.

콰가가가! 채채채챙!

유신운의 도격은 이전과는 비교할 수 없을 정도로 신속해져 있었다.

쾌의 극에 이른 듯한 공격에 유일랑 또한 가볍게 받아치던 이전과 달리 따라가기에 바빠 보였다.

묵천뢰는 초식이라기보다는 신체를 새로운 각성 상태로 만드는 것에 더 가까웠다.

3갑자에 해당하는 내공을 한 번에 격발시킨 후, 일각이라는 짧은 시간 동안 신체 능력과 감각의 한계를 돌파하게 해 주었다.

유신운의 내공은 충분하다 못해 넘치는 수준이었다.

2갑자에 불과했던 내공은 충의각에서 광라흡원진공으로 꾸준히 흡수한 덕에 벌써 3갑자를 넘어서고 있었던 것이다.

우우웅! 우웅!

유신운의 검이 기이한 울음을 토해 내기 시작했다.

그 모습을 확인한 유일랑이 때가 되었다는 듯 순마기를 모두 끌어올리기 시작했다.

그의 몸에서 흘러나온 칠흑의 마기는 반구의 형체를 갖추며 유신운과 유일랑을 뒤덮었다.

상황을 지켜보던 내찰당원들은 둘이 완전히 사라지자 당황을 숨기지 못했다.

사라진 것은 시야뿐만이 아니었다. 반구 안에 갇힌 둘의 기운마저도 느껴지지 않고 있었다.

유일랑이 시야와 기운을 가려 버린 이유는 간단했다.

파즈즈! 콰즈즈!

이어 펼쳐질 유신운의 참격에 내찰당원들이 휘말리지 않게 하기 위함이었다.

유신운이 한 발을 뒤로 뺐다. 그러곤 몸을 살며시 낮추며 자신의 검을 사선으로 내렸다.

가만히 서 있는 것에 불과했지만 유신운에게서 가공할 위압감이 뿜어져 나오고 있었다.

묵천뢰의 상태가 되면 중반 사초식 중 남은 칠초식과 팔초
식을 사용할 수 있었다.

그리고 저것은 칠초식의 기수식이었다.

유일랑 또한 순마기를 다시금 끌어올리며 곧이어 불어 닥
칠 거센 폭풍에 대비하였다.

찰나의 순간이 지나고.

쾌가가가!

벼락 그 자체가 된 유신운이 유일랑에게 쇄도하였다.

뇌운십이검.

칠초.

오의(奧義) 천뢰신살(天雷神殺).

만일 유일랑이 순마기로 둘의 모습을 가리지 않았다면 큰
사단이 벌어질 뻔했다.

천뢰신살을 펼친 유신운이 일시적으로나마 화경을 넘어
현경의 경지에 다다른 공격을 펼치고 있었기 때문이었다.

만일 황보동이 이 상황을 보았다면 혈교는 수단과 방법을
가리지 않고 유신운을 암살하기 위해 총력을 기울였으리라.

유신운의 검이 유일랑의 목을 베어 버릴 기세로 휘둘리고
있었다.

하지만 다음 순간 유일랑의 선택은 놀라웠다.

챙그랑.

지면에 떨어진 유일랑의 검이 요란한 소리를 만들었다. 유일랑이 그대로 검을 놓아 버린 것이다.

콰악! 그르르!

무기를 버린 유일랑은 자신에게 쇄도하는 유신운의 검을 양손으로 그대로 붙잡았다.

흑마염태도의 날에는 당연하게도 도강이 형체를 갖추고 있었기에, 아무리 순마기를 둘렀다고 해도 그의 손뼈가 박살이 나고 있었다.

유신운이 거세게 기운을 끌어올렸지만, 그럴수록 유일랑 또한 더욱 강하게 검을 움켜쥘 따름이었다.

'......!'

그제야 유신운은 망아의 상태에서 깨어났다.

유일랑의 손 상태를 확인하고 당황한 유신운은 곧장 흑마염태도를 회수하려고 했다.

하지만 유일랑은 손에 힘을 빼지 않았다.

오히려.

슈아아아! 스아아!

'이건!'

흑마염태도에 자신이 지니고 있던 순마기를 전부 흘려보냈다.

흑마염태도는 먹잇감을 찾은 아귀처럼 기뻐하며 순마기를

모조리 흡수하기 시작했다.

유일랑이 마치 자신의 기운을 전수하는 것 같았다.

'아!'

그러던 그때 유신운은 왜 유일랑이 이런 행동을 하는지 깨달았다.

아까 전 떠올랐던 시스템 메시지의 내용을 되새겼다.

[소환수, '유일랑'이 봉인하고 있던 본신의 무공 '--'을 일시적으로 해금합니다.]

시스템 메시지는 분명히 유일랑이 정체를 알 수 없는 무공을 '일시적'으로 해금한다고 했다.

전투가 끝나면 곧 사라질 자신의 순마기를 모두 유신운에게 내어주려고 하는 것이었다.

유일랑의 내부에 있던 순마기를 한 움큼도 남기지 않고 모조리 흡수한 흑마염태도가 진동을 멎었다.

[흑마염태도가 '--'의 기운을 흡수하였습니다.]

[흑마염태도의 등급이 SSS등급으로 진화하였습니다.]

[흑마염태도에 새로운 권능 '도산지옥(刀山地獄)'이 추가되었습니다.]

[무공, '뇌운십이검'에 대한 심득을 획득하였습니다.]

[무공, '뇌운십이검'의 숙련도가 대폭 상승합니다.]
[무공, '뇌운십이검'이 특이점에 도달하였습니다.]
[무공, '뇌운십이검'의 등급이 상향 조정됩니다.]
[무공, '뇌운십이검'의 등급이 '현경/진화 가능'으로 변경되었습니다.]

순마기를 흡수한 흑마염태도는 최초로 SS+를 넘어 SSS등급의 경지에 도달하였고.

뇌운십이검은 심득을 얻고 등급이 상승하여 현경의 경지까지 이르러 있었다.

생각지도 않은 엄청난 소득을 얻은 순간이었지만 유신운은 마냥 기뻐할 수 없었다.

'……이걸 위해서 일부러 자극한 거였습니까?'

유신운은 양 손뼈가 완전히 걸레짝이 된 유일랑을 보며 고마움과 미안함을 동시에 느끼고 있었다.

검을 내리고 복잡한 표정을 짓고 있는 유신운에게 유일랑이 슬며시 다가왔다.

톡.

그러곤 넝마가 된 손뼈를 들어 올려 유신운의 어깨를 툭 쳤다.

유신운의 눈과 유일랑의 동공의 불빛이 마주쳤다.

표정이 없는 백골이지만, 유신운은 웃고 있는 유일랑의 모습이 보이는 듯했다.

"……고맙습니다."

유신운이 말을 마친 순간, 그대로 유일랑이 역소환되었다.

슈아아아!

둘을 감싸고 있던 반구의 기운이 사라지며, 승리한 유신운의 모습이 내찰당원들에게 드러났다.

⟨·⟩

내찰당원들은 유신운을 따라 드디어 요괴굴의 바깥으로 나와 있었다.

바라 마지않던 시간이었건만, 내찰당원 10명은 모두 묘한 표정으로 유신운을 바라보고 있었다.

'저 나이에 화경이라니. 도대체…….'

'천재, 아니 천재라고 표현하는 것조차 모욕이야.'

'아미타불, 당주님이 아니었다면 흑골괴의 손에 모두 속세를 떠났을 터. ……자만하지 않고 더욱 정진해야겠구나.'

'교에서 괜히 주목을 하고 있는 것이 아니군. 더욱 면밀히 파악해서 보고를 올려야겠어.'

'……당주님에게 털어 놓아야 할까.'

경외, 존경, 후회, 악의, 걱정.

각자 수많은 생각이 교차하고 있었기 때문이었다.

하지만 유신운은 한마디 말로 그런 그들의 복잡한 심정을 정리시켰다.

"응? 별로 기뻐 보이지 않는군. 훈련이 부족한가? 일정이 빡빡하기는 하지만 필요한 자는 더 시켜 줄 용의가 있다만."

"아, 아닙니다!"

훈련을 더 시켜 준다고 말을 하자, 내찰당원들은 모두 잠시 생각하던 것을 지워 버리고 깜짝 놀라서 소리를 내질렀다.

"흐흑, 이제 드디어 몸을 씻을 수 있어."

"아무도 날 부르지 마라. 이틀은 기절해서 잘 거니까."

그들이 뒤늦게 요괴굴을 빠져 나왔다는 것을 실감하고 있던 그때였다.

"도착했군."

그들 앞에 당하린이 모습을 드러냈다. 그녀는 커다란 목함을 들고 있었다.

'설마……?'

내찰당원들은 벗었던 철환을 다시 가져온 것인 줄 알고 당황했지만.

목함이 열리고 모습을 드러낸 것은 전혀 다른 물건이었다.

"이건 뭡니까?"

목함 안에는 10개의 수투가 놓여 있었다.

알 수 없는 귀기가 흐르는 게 한눈에도 뛰어난 가치를 지닌 수투였다.

내찰당원들이 고개를 갸웃한 찰나, 유신운이 말을 꺼냈다.

"통과 선물이다. 모두 하나씩 가져가도록."

내찰당원들이 오오 탄성을 내지르며 수투를 하나씩 챙겼다.

가져다 대자 알아서 팔뚝을 착 감싸는 수투에 모두가 만족한 반응을 내보였다.

'꽤 비싸 보이는데, 이거 당주가 절강성의 알아주는 갑부라더니. 쓸 땐 제대로 쓰는구먼.'

'후후, 이 정도면 훈련의 수확으로는 제대로인데.'

유신운을 바라보는 모두의 시선이 바뀌던 그때였다.

저편에서 낑낑거리는 소리가 울려 퍼졌다.

내찰당원들이 고개를 돌리자, 이번에는 제갈군이 등장했다.

'설마……'

무슨 이유에선가 갑자기 내찰당원들은 불안한 마음이 고개를 들기 시작했다.

"아이고, 힘들어!"

도착한 제갈군에게도 기다란 목함이 들려 있었다.

제갈군이 속 안에 있던 물건을 와르르 쏟아 내었다.

육중한 소리를 내며 수많은 철환들이 바닥에 쏟아졌다.

모두의 낯빛이 까맣게 죽은 그때.

"자, 이제 돌아가야지."

유신운이 마귀와 같은 미소를 짓고 있었다.

수십 대의 마차가 줄지어 산길을 지나갔다.

그 끝없이 이어진 긴 행렬을 칼을 찬 수많은 무사가 지키고 있었다. 삼엄한 경계를 유지하며 이동하는 무사들은 하나같이 범상치 않은 기도를 내뿜었다.

그들의 모습은 흡사 전쟁을 치르러 진군하는 관군을 연상케 했다.

본디 이런 험한 산길을 이리 대놓고 움직이면 녹림도들의 먹잇감이 되기 마련이었지만.

이들 중 어느 누구도 감히 녹림도 따위가 자신들의 행진을 막을 수 있으리라고는 생각지 않았다.

오만하기 그지없다 할 수 있었겠지만, 사실이었다.

그들은 벌써 며칠째 이 모습으로 바쁘게 이동하고 있었지만, 단 한 번도 녹림도와 마찰이 일어난 적이 없었다.

한데 그럴 만도 했다.

어떤 정신 나간 존재가 감히 무림맹과 전쟁을 치르고 싶겠는가.

녹림도들도 시비를 걸 때와 걸지 말아야 할 때 정도는 알고 있었다. 그리고 지금의 무림맹을 건드렸다가는 정말로 전쟁이 벌어질 수도 있었고.

친선 비무 대회가 치러지는 감숙성의 난주로 이동하고 있는 무림맹의 분위기는 그야말로 침울하기 짝이 없었다.

하필 출발하는 날에 만천하에 공개된 치욕스러운 사건 때문이었다.

그때 전열의 후미에서 뒤따르던 무림맹의 하위 무사들이 자신들끼리 속닥거렸다.

"휴우, 정말이지 얼굴을 들 수가 없군. 하필 이때 신투에게 창천무고가 털리다니."

"……그러게나 말일세. 사파 놈들이 우리를 얼마나 씹어대고 있을지 부아가 치미는군."

그랬다. 무림맹을 뒤흔든 사건은 바로 새로이 등장한 4대 신투에게 창천무고가 털린 일이었다.

불침의 영역이라 칭해지던 무림맹이 털리다니!

중원의 전역이 너무도 놀라운 이 일대 사건으로 떠들썩하였다.

정사 간의 친선 비무 대회가 코앞이었기에, 무림맹을 흔들기 위해 사파련이 정보단을 풀어 소문을 빠르게 전파시킨 이유도 컸다.

사파련 또한 전대 신투에게 비고를 털렸지만, 사실 이 정도의 여파까지는 아니었다.

자신들의 이익을 최우선시하는 사파의 특성상, 사파련의 비고에는 실상 그렇게 대단한 물건은 존재하지 않았고.

그만큼 비고의 경계 수준이 그다지 높지 않았기 때문이다.

하나 무림맹의 경우는 달랐다.

창천무고는 무림맹 본단의 최중심에 자리 잡고 있었다.

여러 단계로 이루어진 철저한 경계를 뚫어 버림과 동시에, 곳곳에서 삼엄하게 경비를 선 정예 무사들의 눈마저 속인 것이다.

그 말인즉, 살수가 담장을 넘은 것이나 마찬가지였다.

게다가 소림사의 대환단과 비견되는 무당파의 보물 태청단까지 털려 버렸으니.

사람들이 경악할 만도 했고, 사파인들의 웃음거리가 되기에도 충분한 일이었다.

이런 치욕적인 상황에서 정파인들이 제 고개를 들지 못하게 된 이유가 또 있었다.

사파련은 사건이 발생하고 하루가 지나기도 전에 어떻게 침투하였는지 밝혀낸 후 신투의 추적에 들어간 반면.

무림맹의 조사대는 아직까지도 어떻게 침투를 하였는지 작은 단서조차 제대로 찾아내지 못하고 있었던 것이다.

어디서 어떻게 침투하였는지조차 밝혀내지 못했기에, 당연히 추적 또한 하지 못하고 있었다.

무림맹 내부의 무사들 또한 이런 처참한 상황을 두고, 이것이 무림맹이 직면한 현실이라며 날 선 비판을 쏟아 내기 시작하였다.

히이잉!

그런 찰나, 말의 울음소리와 함께 선두의 마차들과 무사들이 일제히 멈추었다. 명령을 지시받은 상급 무사가 뒤를 돌아보며 커다랗게 소리쳤다.

　"이곳을 숙영지로 삼는다! 모두 짐을 내리고 막사를 설치하라!"

　상급 무사의 지시에 따라 하급 무사들이 일사불란하게 움직이기 시작했다.

　그로부터 잠시 후, 숙영지에 밤이 내려앉았다.

　유신운은 자신의 막사를 벗어나 터벅터벅 어딘가로 걸어가고 있었다. 곳곳에 꽂힌 횃불에 드러난 그의 표정은 불만이 가득해 보였다.

　'이번에는 또 왜 부르고 난리야. 정말이지 어디에 소속이 되어 있으려니 귀찮아 죽겠군.'

　그가 속으로 그렇게 생각하며 깊은 한숨을 내쉬던 그때.

　어느새 유신운은 숙영지 내에 있는 가장 큰 막사 앞에 도착하였다.

　"내찰당주님을 뵙니다!"

　막사 앞을 지키고 있던 호위 무사들이 유신운에게 포권을 하며 인사했다. 상당히 젊어 보이는 그들은 유신운을 보는 눈빛에 공경하는 마음이 가득해 보였다.

　유신운이 맹의 새내기 무사들의 마음을 사로잡았다는 세

간의 평이 정말인 것 같았다.

그들을 향해 가볍게 인사한 유신운은 호위무사들이 여는 막사의 입구로 성큼성큼 들어갔다.

막사 안으로 들어가자 넓은 공간이 드러났다.

탁자를 둘러싸고 이미 열댓 명의 인물들이 먼저 자리하고 있었다. 구파일방과 칠대세가의 장문인들과 가주들, 그리고 담천군의 세 제자들이었다.

유신운은 난주에 도착하기 전 마지막 회의에 초대된 것이었다.

"오셨소이까."

"왔군요."

유신운이 막사 안으로 들어오자 가장 먼저 인사를 한 것은 남궁가의 가주인 남궁백과 당가주인 당소정이었다.

유신운은 그들에게 가볍게 목례를 한 후, 비어 있는 자신의 자리로 걸어가 앉았다.

그러는 와중에 수십 쌍의 눈이 그를 향했다.

유신운을 향한 눈빛은 크게 세 가지로 구분되었다.

화산파 파벌의 네 장문인들과 이세천과 위무영은 적을 바라보듯 살벌하기 그지없는 눈빛으로.

중립을 지키고 있는 개방, 청성, 곤륜, 무당, 소림의 다섯 장문인들은 놀라움과 궁금함이 가득 담긴 눈빛으로.

그리고 마지막으로 칠대세가의 가주들은 자신의 편이 등

장한 양, 우호적인 눈빛으로 쳐다본 것이다.

수많은 고수의 시선이 집중되면 주눅이 들 만도 하건만, 유신운은 조금도 거리낌이 없어 보였다. 그는 마치 이곳이 제집 안방인 양 가슴을 당당히 피고 있었다.

'저놈이군.'

도리어 유신운은 자리에 앉아 조심스럽게 새로이 알게 된 적의 동태를 살피는 중이었다.

황보세가의 가주인 황보준이 유신운을 향해 사람 좋은 미소를 보내었다.

그는 아들인 황보동과 마찬가지로 푸근한 체구와 옆집에 살 것만 같은 순진무구해 보이는 인상을 지니고 있었다.

하지만 그가 혈교의 첩자인 사실을 알고 보니, 속내를 알 수 없는 음흉스러움이 보이는 듯했다.

'머지않아 목을 잘라 주마.'

유신운이 치밀어 오르는 살기를 겨우 참아 냈다.

"내찰당주님을 마지막으로 모든 무림맹의 장로님들과 당주님들이 모였으니, 본 회의를 시작하도록 하겠습니다."

그때 차가운 인상으로 주변을 바라보고 있던 제갈숭이 슬며시 말을 꺼냈다.

"회의에 앞서 하실 말씀이 있는 분은 지금 말씀을 해 주십시오."

그때 별안간 유신운이 손을 들었다.

모두가 고개를 갸웃하던 찰나, 제갈숭이 유신운에게 질문했다.

"내찰당주님, 무슨 일이십니까?"

"장로들과 당주들이 대화를 나누는 본 회의에 황룡위의 일석과 삼석의 참석까지는 이해하지만……."

유신운이 못마땅함이 가득한 눈빛으로 한 사람을 바라보며 입을 열었다.

"한낱 일반 제자가 자리하고 있는 것이 본 회의의 격에 맞는 것인가 모르겠습니다만."

모두의 시선이 유신운이 바라보고 있는 위무영에게 향했다.

유신운은 공개적으로 위무영이 이곳에 낄 자격이 되느냐고 공격을 한 것이었다.

'저, 저 개자식이!'

위무영의 얼굴이 창피와 분노로 터질 듯 붉게 물들었다.

"그게 무슨 개-!"

"아직 황룡위에 들지는 못했으나, 사제 또한 맹주님의 제자. 회의에 참석할 정도의 위치는 될 듯합니다."

위무영이 분노를 참지 못하고 언성을 높이자, 곁에 있던 이세천이 손을 뻗어 그를 제지했다.

유신운은 쯧 하고 혀를 한 번 찬 후 아무 일도 없었던 것처럼 시선을 돌렸다.

어색한 침묵이 내려앉은 상황에서.

"끌끌, 저 친구 보기보다 꽤 재밌는 친구군."

"내가 말했지 않았는가. 완전히 또라이라고."

소문난 지기인 모용세가의 가주인 모용명과 개방의 주취신개 장유가 속닥거리는 소리만이 들려왔다.

모욕감에 위무영은 당장이라도 검을 뽑고 싶었지만, 자리가 자리인지라 함부로 행동할 수 없었다.

한 번 더 일을 저질렀다가는 정말로 큰일이 날 수도 있었기 때문이다.

제갈군이 상황을 지켜보다가 헛기침을 한 번 하고는 회의를 이어 가기 시작했다.

"크흠, 아시다시피 신투의 만행으로 맹의 위상이 크게 훼손되었습니다. 이번 비무 대회가 그 회복을 위한 절호의 기회입니다."

그 후로 이런저런 얘기가 오고 갔지만 유신운은 회의에 집중하지 않았다.

'너무나 침착하군.'

그는 단 한 사람만을 바라보고 있었다.

유신운이 아까 그런 행동을 한 것은 그자를 자극해 보기 위함이었다.

하지만 상대는 자극에 넘어가지 않았다.

유신운의 시선이 닿은 사내는 아무런 말 없이 조용히 자리를 지키고 있었다.

곁에 앉은 마른 체구의 이세천과 비교되는, 누가 보아도 헌앙한 무인의 모습의 사내는.

황룡위의 일석이자 강호에 이미 드높은 명예를 지닌 철검추혼(鐵劍追魂) 연천악(燕千岳)이었다.

'과연 연천악도 혈교의 간자일까.'

담천군의 제자라면 당연히 그럴 확률이 높았다.

하지만 유신운은 또 다른 미래에서 보았던 그의 행보 때문에 한 가지 의문이 있었다.

'……어쩌면 이자가 생각지 않은 열쇠가 될 수도 있어.'

또다시 며칠이 흐르고, 드디어 무림맹은 난주에 무사히 도착하였다.

천강진인의 명령으로 감숙성에 위치한 공동파의 제자들이 미리 무림맹의 무사들을 위한 숙소를 잡아 놓았다.

물론 직위에 따라 다른 숙소를 배정받았고, 유신운은 꽤 호화로운 숙소에서 쉴 수 있었다.

"휴우."

방에 들어오자마자 유신운이 오랜만에 푹신한 침상에 드러누웠다.

아무리 높은 경지에 올랐어도 적진에 들어선 듯한 긴장감을 유지하며 수십 일을 이동하는 것은 결코 쉬운 일이 아니었다.

쏟아지는 피곤함에 눈을 감으려던 찰나.

"좋은 말로 할 때, 나와라."

유신운이 나직한 목소리로 말을 꺼냈다.

그러나 대답 없이 방 안은 조용했다.

그럴 수밖에 없는 것이 방 안에는 오로지 그뿐이었다.

"셋 셀 동안 안 나오면 오늘 밤은 다 잤다고 생각해라. 하나."

슈슉!

유신운이 숫자를 세자마자.

놀랍게도 텅 비어 있던 침상의 아래에서 흑의인이 등장했다.

다름 아닌 신투 한왕호였다.

"헤헤, 도저히 신운 님은 속일 수가 없군요."

한왕호가 뒷머리를 긁적이며 유신운에게 말을 꺼내고 있었다.

'어유, 이 귀신같은 놈. 어떻게 알았지.'

몰래 숨어 애독고의 한 짝을 훔치려고 했던 그는 속으로 단박에 알아챈 유신운에게 욕지거리를 내뱉었다.

"때마침 잘 왔다. 그동안 푹 쉬었으니 새로운 임무를 주도록 하지."

그런 그를 아랑곳하지 않고 유신운은 곧바로 명령을 하달했다.

한데 유신운의 말이 모두 끝난 후, 한왕호의 표정이 무언가 조금 묘했다. 유신운은 고개를 갸웃했다.

'뭐야, 이 자식은 또 왜 이래?'

그가 시킨 명령은 별것이 없었다. 또 다른 미래에서 언소소가 납치를 당했었기에, 그녀를 계속해서 감시하라는 내용이었다.

그러던 그때 한왕호가 연신 헛기침을 하며 말을 꺼냈다.

"크흠! 신운 님, 저 아무리 그래도 제가 명색이 신투인데."

이어진 한왕호의 눈빛에 떠오른 것은 한심함과 연민이었다.

"짝사랑하는 여인을 감시해 달라는 건 좀, 뭐랄까 자존심이 좀 떨어진다고 해야 할…… 크억!"

유신운은 녀석이 말을 마치도록 하지 않았다.

유신운이 음의 마나를 일으켜 놈의 심장을 움켜쥐었다.

애독고가 날뛰는 줄 안 한왕호도 식겁하며 제 심장 쪽으로 손을 가져갔다.

"죄, 죄송! 크억!"

신음을 쏟으며 바닥을 뒹군 놈은 유신운에게 제발 끝내 달라고 애원하는 눈빛을 보냈지만.

'흠, 시간도 남는데 술이라도 한잔하러 갈까.'

유신운은 일찍 끝내 줄 생각 따위는 전혀 없어 보였다.

5장

스스슷.

일단의 무리가 어둠에 몸을 숨긴 채 은밀하게 움직였다.

머리부터 발끝까지 온몸을 흑의로 덮고, 얼굴마저 검은 죽립으로 가린 그들은 한눈에도 좋은 의도를 품은 자들이 아니라는 것을 알 수 있었다.

그들이 난주의 수많은 전각의 기와 위를 달리고 있음에도 작은 소리조차 나지 않았다. 그들이 지닌 경공 실력이 얼마나 뛰어난지를 짐작할 수 있는 부분이었다.

처척.

그러던 그때 수십 명의 흑의인이 동시에 걸음을 멈추었다.

─목적지에 도착했습니다, 조장님.

흑의인 중 하나가 앞장서서 달리고 있던 그들의 수장에게 전음을 보냈다.

그들이 있는 곳 앞에는 꽤 화려한 전각 한 채가 들어서 있었다. 그곳은 다름 아닌 유신운이 묵고 있는 무림맹의 숙소였다.

그들은 놀랍게도 감히 무림맹의 숙소를 침범하려 하고 있었다.

하지만 검은 죽립 아래로 빛을 뿜고 있는 그들의 눈빛에는 어떤 두려움도 존재하지 않았다.

오로지 잘 벼려진 한 자루의 칼 같은 날카로운 살기만이 자리하고 있을 뿐이었다.

-단 한 놈만 죽이고 빠져나오면 되는 일이다. 만일 실수를 범해 천살막(天殺幕)과 손령주님의 명예를 더럽히는 놈이 있다면 표적과 함께 죽음을 맞이할 것이다!

-존명!

조장의 엄포에 수하들이 일시에 대답했다.

그들의 정체는 살문을 제외하면 중원에서 가장 강한 암살 단체라 불리는 천살막의 살수들이었다.

그리고 천살막을 이끄는 당대 막주가 바로 팔령주 중 하나인 손령주였다.

지난 회의에서 유신운의 암살을 맡겠다고 한 그가 계획을 실행에 옮긴 것이었다.

본래 손령주는 더욱 철저하게 계획을 세워 유신운을 처치하고자 했지만.

정보원들을 통해 진령주의 제자들이 비무 대회에서 유신운을 처치할 계획을 세웠다는 첩보를 듣고는 진노하여 암살 계획을 서둘렀다.

진령주가 자신의 공적을 빼앗으려 하는 것으로 오해한 것이다.

스스슥!

마지막으로 자신들의 기운을 가다듬은 그들이 다시금 그림자처럼 움직이기 시작했다.

천정을 통해 내부로 파고든 그들은 무림맹 무사들의 머리 위에서 몰래 야몽향(夜夢香)을 피우며 거침없이 이동해 갔다.

야몽향은 절정의 무사라 할지라도 자연스럽게 잠에 빠져들게 만드는 강력한 수면제였다.

유신운의 처소를 지키던 무사들이 눈을 끔뻑이다가 이내 잠에 곯아떨어졌다.

무림맹 간부의 숙소가 이렇게 쉽게 뚫릴 수밖에 없는 이유는 간단했다.

구파일방과 칠대세가의 장로들의 숙소의 경우 본인들의 세력에 속한 제자들과 무인들이 철저히 경비를 서지만.

유신운의 경비는 외당의 중급 무사들에 불과했다.

숙소의 모든 것을 담당한 천강진인이 수작을 부린 탓이

었다.

　그렇게 그들은 너무나도 쉽게 유신운의 숙소에 침투할 수
있었다.

　'돌아오는 순간, 네놈의 목숨을 가져가 주마!'

　암살대의 조장이 수하들을 천장과 바닥을 비롯한 방의 곳
곳에 배치하며 속으로 생각했다.

　한데 그때였다.

　푸욱! 스걱!

　'뭐, 뭐야?'

　갑자기 섬뜩하기 그지없는 절삭음이 방의 곳곳에서 울려
퍼지기 시작했다. 기감으로 느껴지는 수하들의 기가 빠른 속
도로 사라지고 있었다.

　함정에 빠졌다!

　그는 도리어 자신들이 유신운이 펼쳐 놓은 계략에 당했음
을 깨달았다.

　시도를 들킨 살수는 죽음을 맞이할 수밖에 없었다.

　그가 손령주에게 이 사실을 알리기 위해 수하들을 버리고
도망치려던 찰나.

　푸우욱!

　"......!"

　날아든 날카로운 비수가 그의 가슴을 뚫고 나왔다.

　털썩.

힘이 풀린 그가 바닥에 두 무릎을 꿇었다.

주위를 둘러보지만 아직도 적은 정체를 드러내지 않고 있었다. 흐려지는 시야 속에서 보이는 것은 오로지 자신의 가슴을 꿰뚫은 비수뿐이었다.

비수의 칼날에 네 글자가 적혀 있었다.

일수탈명(一手奪命)

그는 경악했다.

비도가 상대의 정체가 무엇인지 대신 말을 해 주고 있었다.

'……살문의 비호를 받고 있다……는 것이 정……녕 사실이었던 건……가.'

그것이 그의 이생에서의 마지막 생각이었다.

그렇게 모든 천살막의 살수들이 죽음을 맞이하자.

스르륵.

모습을 드러낸 살문의 살수들이 방 안에 남은 흔적을 처리하기 시작했다.

항주의 밤에 비할 바는 아니지만, 그래도 난주의 밤거리 또한 화려하고 아름다웠다. 셀 수 없이 많은 사람으로 거리 곳곳이 가득 차 있었다.

정사 비무 대회를 구경하기 위해 먼 지방에서 이곳까지 한걸음에 달려온 온 이들로 거리 곳곳이 넘쳐 나는 것이다.

정사의 무림인들에게는 자존심을 건 격전장이지만, 평범한 양민들에게는 처음 겪는 축제와 다름없었다.

하지만 거리를 거니는 이들의 표정은 결코 밝지만은 않았다.

한편으로 긴장감 같은 것도 서려 있었다.

어쩔 수 없었다.

"더러운 위선자 새끼들."

"흥, 돈밖에 모르는 사파 놈들."

거리 곳곳에서 정파인들과 사파인들이 서로를 노려보며 기 싸움을 하고 있었기 때문이다.

당장이라도 칼부림이 벌어질 것 같은 살얼음판이었다.

비무 대회가 펼쳐지는 기간 동안 정사 간에 싸움이 벌어지게 되면, 그 원인이 되는 자는 어느 누가 됐든 엄벌에 처하겠다는 무림맹과 사파련의 엄포가 없었다면 난주는 벌써 피로 물들었으리라.

그런 복잡하고 미묘한 분위기의 밤거리 속을 여유롭게 거닐고 있는 사람이었다.

'오랜만에 바깥 공기네. 좋구나.'

얼굴을 가리는 면사가 달린 검은 죽립을 푹 눌러쓴 채 유신운이 대로를 걸어가고 있었다.

서둘러 도착한 덕택에 비무 대회의 개최 일까지 시간이 조금 남았다.

내찰당원의 훈련과 본인의 수련으로 하루도 쉬지 않고 바쁜 시간을 보냈던 유신운은 오늘 밤은 가볍게 휴식을 취하기로 결정했다.

귀찮은 이들을 만날까 봐 숙소에서 멀어지자마자, 인적이 드문 골목에서 몰래 변복을 마친 상태였다.

운기 하는 내공까지도 아예 바꾸었기 때문에 무림맹의 인사를 만나더라도 유신운이라고는 아무도 생각지 못할 터였다.

물론 그렇다고 한들 유신운에게서 느껴지는 기도가 범상치 않았기에, 거리의 정파인들과 사파인들 모두의 시선을 끌고 있었다.

그런 찰나, 유신운이 뒷머리를 긁적이며 멀찍이 떨어진 자신의 숙소 방향을 바라보았다.

'흐음, 뭐가 좀 어수선해진 것 같긴 한데.'

그러다가 별일 있겠나 하고 한 번 어깨를 으쓱하고는 걸음을 계속했다. 그는 사람들의 발길이 적은 외곽 지역으로 향했다.

'여기 정도면 괜찮겠군.'

유신운은 적당한 객잔 앞에서 걸음을 멈추었다. 사람이 많은 것은 질색이었기에 일부러 약간 허름한 곳으로 찾았다.

"어서 오십시오!"

끼익 하는 문소리와 함께 안으로 들어서자 어린 점소이가 환한 얼굴로 그를 반겼다.

주방에서 흘러나오는 맛있는 냄새가 그의 코끝을 간지럽혔다. 발이 가는 대로 아무 곳이나 들어왔지만, 운 좋게 잘 고른 것 같았다.

"자, 2층으로 모시겠습니다"

하지만 그것도 잠시뿐이었다.

'이런 젠장.'

점소이의 안내에 따라 계단을 올라가던 유신운은 1층에서 시끌벅적하게 술을 마시고 있는 무리의 구성을 보고는 얼굴을 와락 찌푸렸다.

'왜 저놈들이 여기에 있는 거야.'

일부러 외진 곳으로 왔건만 아는 얼굴들이 수두룩했다.

"으하하! 이게 얼마만의 술이냐."

"자자, 우리 소심이도 한잔하라고."

"저, 저는 술을 못 마십니다."

남궁호가 술을 벌컥벌컥 들이켜고 있었고, 경초방이 정현에게 술을 따라 주고 있었다.

그리고 그런 그들의 곁에 나머지 내찰당원들이 둥글게 앉아 있었다.

유신운은 일부러 그들과 최대한 멀리 떨어진 2층의 탁자에 자리를 잡았다.

"그럼 무슨 음식을 내올깝쇼?"

"오리 구이와 죽엽청 한 병으로 하지."

"예, 금방 내오겠습니다."

주문을 받은 점소이가 주방으로 내려가자, 유신운은 불만이 가득한 눈빛으로 내찰당원들을 쳐다보았다.

'이놈의 자식들이! 비무 대회가 코앞인데 하라는 훈련은 안 하고 술을 처마시러 와?'

본인도 휴식을 즐기러 온 것이면서, 유신운의 얼굴에는 못마땅함이 가득했다. 그러곤 당장 정체를 드러내고 이곳에서 단체로 훈련을 받게 해야 하나 고민을 거듭했다.

"음식 나왔습니다!"

행동에 옮기려는 찰나, 시킨 음식이 나와 버렸다.

끄응 하며 화를 참는데 그의 귓전에 내찰당원들의 대화가 들려오기 시작했다.

"참 나! 말술이네, 말술. 뭔 놈의 중이 술을 그리 잘 마시나그래."

"크흠, 갑자기 이러시기요? 곡차 한두 잔 정도는 부처님도 너그러이 눈감아 주실 것입니다."

"휴, 그래. 그 끔찍한 요괴굴에서 빠져나온 후로 처음으로 마시는 술이니 부처님도 너그러이 봐주실 게다."

남궁호의 입에서 요괴굴이란 단어가 나오자 시끌벅적하던 내찰당원들이 모두 대화를 멈췄다.

경초방과 황보동이 몸을 부르르 떨며 욕지거리를 내뱉었다.

"으으, 미친 당주 놈! 요괴굴을 또 들어가라고 하면 난 못 버틸 것 같아."

"……전 가문의 명만 아니면 당장이라도 그만두고 싶습니다."

황보동의 말은 진심인 것 같았다.

하지만 그런 황보동을 차분히 가라앉은 눈빛으로 바라보던 태일이 말을 꺼냈다.

"그래도 당주님 덕택에 우리의 실력이 급상승한 것 또한 사실이지."

"우리들의 목숨을 구해 준 것 또한 맞고요."

덧붙이는 모용미의 말에 모두가 고개를 끄덕였다.

"뭐, 여러모로 배울 점이 많은 존재이긴 해."

"그 나이에 화경의 고수라니. 동년의 맹주님조차 뛰어넘은 경지니까. 당주님의 제시하는 길을 따르다 보면 분명히 문파의 가르침 이상의 것을 얻을 수 있겠지."

남궁호와 팽승구마저 말을 마친 순간, 다시금 모두가 말이 사라졌다.

그렇게 침묵이 이어지자.

"쩝, 왜 다들 술맛 떨어지는 소리만 하고 있는 거예요. 자, 자, 얼른 한 잔씩 더하자고요."

언소소가 분위기를 환기하기 위해 애교 섞인 낭랑한 목소리로 말을 꺼냈다.

그와 함께 시끌벅적한 술자리가 다시 시작되었다.

그 모습을 조용히 지켜보던 유신운은 경초방과 황보동을 보며 속으로 계획을 짜기 시작했다.

'……아무래도 특별 훈련을 받을 두 명이 확실하게 정해진 거 같군.'

그러자 표적이 된 두 사람이 갑작스러운 한기에 부르르 몸을 떨고는 이상함에 고개를 갸웃하였다.

한데 그때였다.

스윽! 쉬익!

'……!'

유신운은 바로 등 뒤에서 느껴지는 느닷없는 살기에 깜짝 놀라며 기운을 끌어 올렸다. 살기와 함께 느껴지는 기운은 결코 평범한 무위가 아니었다.

당장 베어 버리기 위해 손을 칼자루에 가져갔다.

'바로 베어 버린다!'

휘익! 쐐애액!

앉은 그대로 회전하며 상대방에게 참격을 가하려는 찰나.

"워워! 진정하세요, 형님."

눈에 들어온 것은 장난스러운 미소를 짓고 있는 앳된 얼굴의 청년이었다.

"……너는?"

"무명 형님 맞죠? 이야, 형님을 여기서 뵐 줄은 몰랐네요?"

아무 일도 없었다는 듯 천역덕스럽게 말을 거는 상대는 다름 아닌.

낭인시장에서 만났던.

끝까지 그 정체를 알 수 없었던 여득구였다.

'이놈이 왜 여기에…….'

유신운은 여득구의 갑작스러운 등장에 당황을 숨기지 못했다.

죽립과 면사로 얼굴을 가리고 있는 것이 천만다행이었다.

하지만 그것도 잠시뿐.

유신운은 금세 침착함을 되찾았다. 그리고 찰나의 순간 머릿속에서 떠오른 의문점에 대해 생각했다.

'……그런데 이놈이 날 어떻게 알아본 거지?'

자신은 남들이 알아보지 못하게 죽립과 면사로 얼굴을 가리고 있었다.

게다가 얼떨결에 한마디를 내뱉어 버렸지만, 낭인시장에서 귀면랑으로 활동을 했을 때는 목소리를 변조했다.

그렇기에 지금의 자신의 목소리는 귀면랑의 목소리와 완전히 다른 목소리였다.

철저히 흔적을 지웠기에 자신의 신상에 대해 알 수 있는 단서 또한 전혀 없었을 텐데, 이렇게 다가온 것이 이해가 가지 않았다.

"사람 잘못 보았소."

유신운은 나직한 목소리로 대답했다. 그러곤 반쯤 출수했던 검을 검갑에 도로 회수하며 몸을 돌렸다.

대놓고 꺼져 달라는 의사가 풀풀 풍겼지만, 여득구는 치근덕거림을 멈추지 않았다.

"흐음, 전 아무리 봐도 제대로 본 것 같은데요?"

순진무구한 척하던 이전의 모습과 달리 여득구는 능글맞게 말했다.

유신운은 더 이상 숨기는 것이 소용없다는 것을 깨달았다.

'조용히 마시고 빠지기에는 이미 글렀군.'

그가 한숨을 푹 내쉬었다.

그러자 여득구가 그의 맞은편에 털썩 앉았다.

"앉아도 되겠죠?"

"앉지 말래도 앉을 것 아닌가."

"잘 알고 계시는군요. 여기 죽엽청 하나 더 가져다 줘."

문 앞에 서 있던 점소이는 여득구가 들어오는 것을 못 봤기에, 갑자기 자신을 부르는 목소리에 깜짝 놀랐다가 곧 술을 가져왔다.

"나인 줄 어떻게 알았지?"

"감이라고 하면 안 믿으시겠죠?"

"개소리하지 말고 똑바로 말해라."

"후후, 제 '가업'을 이행하려면 뛰어난 '눈썰미'가 필수여서 말입니다. 아마 저의 사람을 구별하는 재주는 강호의 몇 손가락 안에 들 겁니다."

가업이라.

유신운은 대답을 듣고 여득구를 지그시 바라보았다.

히죽 웃는 얼굴에 그대로 주먹을 꽂고 싶었지만, 거짓말 같지는 않았다.

'가업이라면 어느 단체에 속해 있는 것 같은데…… 칫, 탐혼의 깃을 사용하지 못하는 것이 너무 아깝군.'

아쉽게도 아직 한 달의 재사용 시간이 충족되지 않은 상태였다.

"형님이 갑자기 모습을 감추셔서 얼마나 속상했는지 아십니까."

"거짓으로 만들어진 너와 나의 관계에 아쉬울 게 뭐가 있지?"

"저는 짧은 시간이었지만 우리 사이에 꽤나 정이 들었다고 생각했는데, 이거 조금 섭섭하군요."

"같은 얘기 좀 제발 그만하게 해 줬으면 좋겠군."

개소리 좀 그만하란 뜻이었다.

이어 유신운이 얼음장처럼 차가운 눈빛을 쏘아 내며 말을 꺼냈다.

"나에게 접근한 이유나 말해라."

"흠, 이유라 글쎄요."

하나 그에 아랑곳하지 않고 어깨를 으쓱해 보인 여득구는 장난기 가득한 표정으로 대답했다.

"솔직히 고백하자면……."

"……?"

"형님을 쫓아다니면 재밌는 일이 벌어질 것 같은 예상이 든단 말이죠."

유신운은 여득구의 대답에 어이가 없어 하며 놈을 바라보았다.

본색을 드러낸 그의 눈빛엔 광기가 짙게 배어 있었다.

그가 지금까지 강호에서 만난 인물 중 가장 미친 작자 같았다.

'그냥 내가 피하는 게 낫겠군.'

유신운이 고개를 가로저으며 자리에서 일어나 숙소로 향하려던 그때였다.

끼익.

객잔 문이 열리며 일단의 무리가 와르르 들어서고 있었다.

허리에 모두 무기를 지니고 있는 것으로 보아 무림인들이었다.

그들의 모습을 확인한 내찰당원들의 표정이 싸늘하게 굳어 버렸다.

"오호, 이거 우연이군. 네놈들이 이곳에 있다니 말이야."

그때 무리의 중심에 있던, 적색의 두건을 머리에 두르고 있는 음험한 인상의 젊은 사내가 내찰당원들을 향해 말을 꺼냈다.

사내는 바로 사파련의 십패 중 하나인 통천방(通天幇)의 소방주 상검명(商劍鳴)이었다.

모욕적인 언사에 노기를 숨기지 못하며 덕광이 말을 꺼냈다.

"……네놈이라니, 말을 가려 하시오."

"아아, 내가 놈들이라고 했나. 미안하군, 이거 속마음이 그대로 나와 버렸어."

"상 형은 다행인 거요. 나는 하마터면 정파 놈들의 악취에 육두문자가 나올 뻔했잖소."

"호호, 오라버니들도 참."

수라보(修羅堡)의 소보주, 등창(藤昌)이 덕광을 비롯한 내찰당원들을 적의가 가득한 눈빛으로 쳐다보며 말하자.

곁에 있던 요선림(妖仙林)의 소선녀, 갈홍(葛洪)이 교태를 부리며 요사스러운 웃음소리로 웃었다.

'이 자식들이!'

남궁호가 당장에라도 검을 뽑을 기세로 벌떡 몸을 일으킨 순간, 팽승구가 다급히 그의 팔을 붙잡으며 전음을 날렸다.

─참아야 한다! 격장지계에 넘어가는 꼴이다.

팽승구의 말에 남궁호는 까득 소리 나게 이를 갈며 화를 겨우 참았다.

사파련의 후기지수들이 이리 자신만만하게 행동하는 이유는 간단했다.

'흥! 실력도 없는 놈들이 목에 힘주기는!'

'건방진 애송이들!'

정파의 후기지수들보다 사파의 후기지수들의 실력이 더욱 뛰어나다고 사파련 내부에서 결론지어졌기 때문이었다.

게다가 객관적인 세간의 평가 또한 동일한 예상이 지배적이었다.

"이만 자리를 좀 비켜 줬으면 하는데."

그러던 그때 광풍각(狂風閣)의 소각주, 음지명(陰智明)이 칼자루를 매만지며 말을 내뱉었다. 자리를 비키지 않으면 당장이라도 검을 뽑겠다는 듯이 보였다.

그러나 내찰당원들 중 어느 누구도 겁을 먹지 않았다.

"아무런 풍문도 듣지 못했지만, 보아하니 어째 광풍각 소각주의 시력이 소경 수준까지 떨어진 것 같군. 거기 옆에 서 있는 놈 중 아무나 제 주인에게 주변에 널린 것이 빈자리이니, 아무 데나 가서 쳐 앉으면 된다고 전해라."

경초방이 코웃음을 치며 말을 꺼냈다.

그러자 사파련의 후기지수들의 표정 또한 싸늘히 굳었다.

음지명의 곁에 있던 광풍각의 무사들이 목소리를 높였다.

"뭣이 어째! 정파의 더러운 거렁뱅이 놈 따위가 소각주님께 함부로 지껄이다니! 죽고 싶은 게냐!"

"……죽고 싶냐라. 이건 그쪽에서 우리에게 선전 포고를 한 것으로 봐도 무방하겠지?"

스아아! 촤아아!

그 말과 함께 양측의 후기지수들이 전투태세를 갖추며 각자의 기운을 끌어 올리기 시작했다.

양측의 기운이 격돌하며 생긴 파동이 객잔 전체에 퍼지고 있었다.

기 싸움이 이어지던 그때, 양측 진영의 반응은 상이했다.

'……뭐지? 이놈들 련의 보고에 적힌 무위와는 다른 것 같은데?'

'말도 안 돼! 우리가 밀리고 있다고?'

자신들이 가뿐히 압도하리라고 생각했던 사파련의 후기지수들은 당혹감을 숨기지 못하고 있었다.

우습게 보고 있었는데 막상 기운의 충돌이 일어나자, 내찰당원들이 확연한 우위를 보이고 있었던 것이다.

　그 반면 내찰당원들은 다른 의미로 당황하고 있었다.

　'이놈들 제대로 하고 있는 것 맞아?'

　'뭐야, 이게 다인가?'

　사파련의 후기지수들이 내뿜는 기파의 수준이 우습기 그지없었다. 내찰당원들이 느끼기에는 마치 살쾡이가 성질을 내는 것 정도로밖에는 보이지 않았다.

　괴물 그 자체였던 흑골괴, 골괴들과 싸우면서 위압감을 느끼는 상대의 수준이 완전히 달라진 것이다.

　분명히 상대의 수가 더 많았지만, 싸운다면 필히 본인들이 이길 거 같았다.

　내찰당원 눈빛에 자신감이 차올랐다.

　한데 그때였다.

　"끄으."

　"으으."

　'아차!'

　기의 파동에 노출된 점소이와 음식을 먹고 있던 일반 양민들이 가슴을 움켜쥐고 신음을 흘리고 있었다.

　그 모습을 뒤늦게 확인한 내찰당원들이 모두 다급히 기운을 거두었다.

　무림맹의 후기지수들이 기운을 거두자, 사파련의 후기지수들 또한 기운을 거두었다.

'뭐야, 이게 끝인가.'

'끌끌, 역시 별것도 아니었군. 무리하게 힘을 다 쏟아부었나 보군.'

그들은 자신들이 승리했다고 생각하고는 한껏 의기양양한 표정을 짓고 있었다.

그들이 그러는 사이 내찰당원들은 서로 전음을 빠르게 주고받았다.

─상관없는 이들이 피해를 입을 수 있어요. 오늘의 수모는 비무 대회에서 갚아 주기로 하고, 이만 숙소로 물러가도록 하죠.

─……맞아요. 아무래도 그게 나을 것 같아요.

모용미와 언소소의 말에 내찰당원들이 몸을 일으켜 객잔의 문을 향해 움직이기 시작했다.

그러자 사파련의 무사들이 킬킬거리며, 그런 그들의 어깨를 일부러 가격하며 지나가 객잔의 곳곳에 앉았다.

모용미가 음식값을 계산하기 위해 점소이에게 다가갔다.

점소이는 하얗게 질린 얼굴로 덜덜 떨고 있었다.

모용미가 슬며시 기운을 끌어 올려 그런 점소이의 어깨에 조심스럽게 손을 올렸다. 손을 통해 그녀의 기운이 점소이의 내부에 퍼지자 점소이의 혈색이 돌아왔다.

그 모습을 본 모용미는 품속에서 은전과 작은 단환 하나를 꺼내 건넸다.

"이제 괜찮을 테니 겁먹지 않아도 되요. 우리가 가고 나면

이 단환을 잘게 쪼개서 놀란 손님들에게 나누어 주도록 하세요. 놀란 심기를 가라앉히는 데에 도움이 될 거예요."

"가, 감사합니다."

점소이가 감동한 얼굴로 연신 고개를 숙였다.

여태껏 수많은 무림인들을 겪었지만 이런 친절을 베푸는 이는 없었기 때문이다.

한데 그렇게 값을 치르고, 이제 내찰당원들이 모두 떠나려던 찰나였다.

"이봐! 남자들은 가던 길 가시고, 여자들은 와서 술이나 좀 따르다 가는 것이 어떤가."

상검명이 모용미와 언소소를 희롱했다.

'저놈은 버르장머리를 고쳐 줘야겠군.'

유신운이 한기가 느껴지는 눈빛으로 상검명을 노려보던 그때였다.

와장창! 콰가강!

"으악!"

"……!"

갑작스러운 폭음과 함께 객잔 전체가 뒤흔들렸다. 객잔 벽의 구멍을 뚫고 의문인들이 객잔으로 침투했다.

'나를 노리는 건가?'

유신운은 의심이 가득한 눈으로 여득구를 바라보았다.

하지만.

그들이 노리는 상대는 유신운이 아니었다.

스르릉! 채채챙!

"정파 놈들을 죽여라!"

폭발과 함께 피어오른 먼지 속에서 의문인들이 내는 소리가 들려왔다.

"습격이다!"

채채챙!

태일의 일갈과 함께 나머지 내찰당원들 또한 모두 검을 빼들었다.

여득구는 일련의 사태를 조용히 관망하며 소름 끼치는 미소와 함께 말을 꺼냈다.

"역시나 형님을 따라다니면 재밌는 일이 일어나는군요."

유신운은 그런 놈을 무시하며 기운을 눈에 집중했다. 갑자기 나타난 의문인인들의 무위를 살폈다.

유신운의 눈살이 찌푸려졌다.

12명에 달하는 습격자들은 초절정 중급이 둘, 초절정 초급이 다섯, 나머지는 절정 최상급이었다.

자신이 돕지 않는 이상 내찰당원의 무위로는 힘든 상대였다.

'젠장, 약간 힘들겠는데. 하지만 이놈이 지켜보고 있는 이상 내가 갑작스럽게 끼어들기에는 명분이 없어.'

여득구가 빤히 바라보고 있는 상황에서는 내찰당원들을

도와줄 수 없었다. 그랬다가는 내찰당원들과 자신 사이의 연관성을 금세 눈치챌 것이 빤했다.

'숙소로 가서 지원군을 불러와야 하나. 아냐, 그러기에는 너무 늦을 텐데.'

그렇게 고민을 하던 찰나 피어올랐던 모래 먼지가 걷히고 의문인들의 모습이 드러났다.

"어라, 저건?"

그들의 모습을 보고 여득구가 두 눈을 끔뻑였다.

'됐다.'

그리고 유신운은 참전할 명분을 찾았다.

먼지가 걷히고 나자 의문인들의 모습이 드러났다.

"……!"

'……저놈들은 뭐야?'

그들의 기괴하기 짝이 없는 모습에 내찰당원들은 당혹감을 숨기지 못했다. 습격자들은 전부 얼굴에 기괴한 형상의 뼈 가면을 쓰고 있었다.

"저건!"

"설마 귀면랑인가!"

그러던 그때 상황을 지켜보던 구경꾼들이 커다랗게 소리

쳤다.

그러자 내찰당원들의 표정이 싸늘히 굳었다.

귀면랑이라면 소문으로 들어 본 적이 있는 인물이었다.

흉명이 자자하던 고루혈살 가취흔의 혈랑대를 단신으로 처치하고, 단숨에 낙양 낭인 시장 서열 2위로 등극한 인물이 아니던가.

'그런 자가 왜 우리를?'

내찰당원들이 의아해하던 찰나.

2층에서 상황을 지켜보던 여득구 또한 고개를 갸웃하고 있었다.

"형님, 고새 제자라도 키우신 겁니까?"

하지만 그 또한 진심으로 내뱉은 말은 아니었다. 그가 본 귀면랑은 철저히 홀로 움직이는 존재였기 때문이다.

습격자들은 아무도 정체를 모르는 귀면랑에게 자신들의 혐의를 덮어씌우려는 의도를 가지고 뼈 가면을 쓴 것 같았다.

하지만 그것은 습격자들의 최악의 패착이 되었다.

'뭐, 고마울 따름이군.'

유신운에게 참전할 명분을 주었기 때문이다.

파바밧! 쐐애액!

그 순간 습격자들이 진각을 박차며 내찰당원들에게 전광석화처럼 돌진하였다.

"모두 넓게 퍼져!"

"처음부터 전력으로 상대해야 해!"

내찰당원들 또한 급히 기운을 끌어 올리며 전투태세를 갖추었다.

채채쨍! 채쨍!

허공에서 검과 검이 세차게 맞부딪치며, 주황빛의 불꽃이 번쩍이기 시작했다.

그 모습을 지켜보던 사파련 측의 무사 중 몇몇이 검을 뽑아 들었다. 저들이 죽기라도 하면 괜한 불꽃이 자신들에게 향할까 염려가 되었던 것이다.

스윽.

하지만 무사들이 합류하려는 찰나, 상검명이 손을 들어 그들을 제지하였다.

의아해하는 무사들을 향해 상검명이 비열하기 짝이 없는 미소를 지으며 말을 꺼냈다.

"어차피 이곳은 공동파의 세력권. 굳이 우리가 타인의 은원에 관여할 필요가 있겠나."

무림맹 측에서 왜 돕지 않았느냐고 말을 꺼낼 수도 있겠지만 상관없었다.

어차피 주변에 깔린 증인들이 습격자들과 자신들이 아무런 연관이 없다는 것을 증명해 줄 것이기 때문이었다.

사파련의 무사들이 도로 검을 회수하였다.

그들이 합류하지 않기로 결정하자 전투의 양상은 금세 한

쪽의 우위로 나타났다.

유신운의 예상대로 내찰당원 쪽의 확연한 열세였다.

"태극지상(太極志上)!"

"무애승극(無涯昇極)!"

태일과 남궁호가 선명히 빛을 발하는 검사로 상대를 몰아붙이며 분전하고 있었지만.

"흡!"

"크윽!"

그들을 제외한 다른 내찰당원들은 신음을 계속해서 흘리고 있었다.

그나마 요괴굴에서의 훈련의 성과로 무위가 현저히 차이 남에도 힘겹게 동수를 맞추는 게 가능했지만 한계였다.

그들이 힘들어하는 이유가 또 하나 있었다.

'크윽, 파고드는 한기로 손이 떨어질 것만 같다.'

'한 놈, 한 놈이 다 음한지공의 고수들이야!'

내찰당원들의 무기에 모두 서리가 내려앉아 있었다.

검과 검이 맞닿은 것만으로도 검사를 뚫고 검을 얼어붙게 만드는 빙공이라니.

시간이 지나면 지날수록 손의 감각이 사라지며, 그 여파로 검끝이 무뎌지고 있었다.

한데 그때였다.

"까아!"

"소소야!"

상대의 검격을 허용한 언소소가 비명을 내지르며 허공을 날아 바닥에 쓰러졌다.

강신공과 음한지공은 극악의 상성을 지니고 있었다.

맨손으로 직접 맞상대하는 그녀이기에 다른 이들보다 음기에 훨씬 더 많이 노출된 것이다.

쐐애액!

'아아!'

자신을 향해 내리꽂히는 적의 칼날을 보며, 언소소가 자신의 최후를 직감했다.

하지만 다음 순간.

퍼어억! 콰앙!

그녀를 노리던 습격자가 누군가의 발길질에 얻어맞고는 그대로 날아가 객잔의 벽에 처박혔다.

'……누구?'

그녀의 눈에 2층에서 펄쩍 뛰어내린 의문인의 모습이 들어오고 있었다. 언소소의 눈이 커다랗게 확장되었다.

상대는 습격자들과 똑같은 가면을 쓰고 있었다.

"귀면랑……?"

그녀가 나직하게 뇌까렸다.

그 순간 지켜보고 있던 사파련의 인물들과 구경꾼들 또한 놀란 표정을 숨기지 못했다.

"이게 무슨?"

"귀면랑이 또 나왔어?"

모두의 시선이 주목된 순간.

유신운이 가면 속에서 말을 내뱉기 시작했다.

"그냥 지나가려 했지만, 훗날의 귀찮은 일을 피하려면 미리 오해의 소지는 없애 놔야겠군."

낭인 시장에서처럼 변조한 기괴한 목소리가 공간에 울려 퍼졌다.

스르릉!

검을 빼어 든 유신운의 전신에서 가공할 기운이 쏟아지기 시작했다.

위험을 감지한 초절정 초급의 습격자들 다섯 명이 동시에 유신운으로 표적을 바꾸었다. 회피할 방위를 모두 선점하며 놈들이 유신운에게 쇄도하고 있었다.

그러나 유신운은 선 자세 그대로 흔들림이 없었다.

흑마염태도가 아닌 흔하디흔한 대장간의 평범한 검이었지만 상관없었다.

"검강!"

"귀, 귀면랑이 화경의 경지였다니!"

그의 검날에는 이미 검강이 솟구쳐 있었고.

[스킬, '강탈'을 시전합니다.]

[지정 대상으로 '발록'이 선택되었습니다.]
[지정 스킬, '마염'이 발현됩니다.]

음한지기를 집어삼킬 극한의 염기 또한 준비되어 있었기 때문이다.

화르륵! 스콰가!

유신운의 검에서 빛을 발하던 순백의 강기가 칠흑 같은 불길에 휩싸였다.

혼합기(混合技).

검강 + 마염.

마염강(魔炎罡).

유신운의 검에서 타오르고 있는 마염강을 목격한 습격자들의 움직임이 눈에 띄게 더뎌졌다.

그들도 저 알 수 없는 기운의 위험성을 직감한 것이리라.

하지만 그들은 이미 유신운에게 몸과 검을 날린 후였다.

다른 행동을 취할 수 없었다.

'재가 되어라!'

유신운은 어떠한 초식도 사용하지 않았다. 그저 마염강이 깃든 자신의 검을 상대에게 횡으로 가볍게 그을 뿐이었다.

그의 마염강에 다섯 개의 검사가 맞부딪쳤다.

그리고.

콰아아아! 스가가!

검사를 집어삼킨 마염강은 검날을 타고 흘러가 습격자 다섯의 사지를 불태우기 시작했다. 검은 불꽃에 휩싸인 놈들은 몸부림조차 치지 못하고 그대로 불길에 재가 되어 사라졌다.

그들이 서 있던 자리에 검게 그을린 자국만이 남았다.

찰나의 순간에 벌어진 믿을 수 없는 결과에 내찰당원들과 상황을 지켜보던 사파련의 인물들까지 단체로 넋이 나가 있었다.

그러나 유신운은 그런 놈들을 신경 쓰지 않았다.

'역시 움직임과 한기가 익숙하다 했지.'

적들을 물리친 순간, 그의 눈앞에 떠오른 시스템 메시지가 그를 생각에 잠기게 했기 때문이다.

[스킬, '시강론(尸僵論)'의 목록에 포함되어 있는 대상입니다.]

[대상의 정보를 파악합니다.]

[대상이 '빙백시(氷魄屍)'로 파악되었습니다.]

습격자들의 배후가 이들에게 뼈 가면을 씌운 이유는 한 가지가 아니었다.

이들의 정체를 숨기려 한 것이었다.

습격자들은 산 사람이 아니었다. 모두 강시였다.

그리고 이 빙백시는 혈교의 강시였다.

정파 후기지수들을 습격한 배후는 역시나 혈교였던 것이다.

한데 그때 유신운의 눈앞에 생각지도 않은 내용의 시스템 메시지가 다시금 떠올랐다.

[히든 조건을 만족하였습니다.]
[빙백시의 제작을 위해 더욱 많은 표본이 필요합니다.]
[모든 빙백시를 해치울 시, '빙백시'의 소환이 가능해집니다.]
[남은 빙백시 : 7구]

창천무고에서 획득했던 시강론이 스킬로 활성화되어 있었다.

아무래도 제작 목록에 있는 강시를 해치우면 스켈레톤처럼 소환수로서 사용할 수 있게 되는 모양이었다.

'생각지 않은 꿀이군.'

이렇게 또 전력 상승을 할 기회를 얻게 되다니.

유신운은 기쁜 마음으로 다시금 자신의 검을 높이 들었다.

파바밧! 촤아아!

다음 순간 유신운의 신형이 아지랑이처럼 흩어지더니.

'무슨!'

'말도 안 되는 속도다!'

이내 태일과 남궁호의 곁에 나타났다.

두 사람은 자신들의 경지를 한참이나 벗어난 귀면랑의 무위에 당혹스럽기 그지없었지만, 그의 검에서 타오르고 있는 칠흑의 불꽃을 보는 순간 승리에 대한 자신감이 차오르는 것을 느꼈다.

"이제 일곱밖에는 남지 않았다!"

"모두 힘을 내!"

태일과 남궁호가 소리치자, 남은 다른 내찰당원들이 이를 악물고 적들과 싸우기 시작했다.

그들 또한 귀면랑의 신위를 보며 자신감을 얻은 것은 매한가지였다.

습격자가 하나둘씩 쓰러지기 시작했다.

내찰당원들이 힘을 합쳐 적을 궁지에 몰아넣으면, 귀면랑이 마지막에 미지의 검화로 적을 송두리째 불태웠다.

그 모습을 지켜보던 사파련 후기지수들의 낯빛이 하얗게 질리기 시작했다.

'……귀면랑. 말도 안 되는 무위군.'

'아니, 그건 그렇고 저놈들이 저렇게 강했나?'

그들의 놀람은 귀면랑에게만 해당하지 않았다.

초절정의 고수들이 저렇게 많은데도, 악착같이 버티며 끝까지 일 수를 꽂아 넣는 정파의 후기지수들의 저력도 그들의 예상을 벗어난 것이었다.

휘이잉! 툭!

그때 마지막으로 저항하던 초절정 중급의 습격자의 양팔이 허공을 날았다.

쿠웅,

마지막 남은 습격자가 힘없이 바닥에 무릎을 꿇은 순간.

푸우욱! 화르륵!

유신운이 마염강이 타오르는 검을 그대로 놈의 정수리에 꽂아 넣었다. 내부에서 폭발하는 검은 불꽃에 놈 또한 흔적도 없이 타올라 사라졌다.

모든 전투가 끝나자, 객잔 내부는 싸늘한 침묵만이 내려앉아 있었다.

"후우, 끝났나."

그러던 그때 가사 자락으로 이마의 땀을 닦으며 덕광이 한마디를 내뱉었다.

그러자 다른 내찰당원들이 한마음으로 덕광을 노려보았다.

"아오, 정말! 그 소리 좀 하지 말라니까!"

"또 다른 적이 튀어나오면 십 할, 모두 네 잘못이다."

"죄, 죄송하오."

저리 큰 싸움이 끝났는데도 익숙하다는 듯 투닥거리는 내찰당원들을 보며 사파련의 인물들이 황당해했다.

투다다다! 타다닥!

그때 바깥에서 커다란 소음이 울려 퍼지기 시작했다.

"이곳인가!"

"적들을 진압하라!"

의문인들이 내찰당원들을 습격했다는 소식을 듣고 무림맹의 무사들이 부리나케 달려온 것이었다.

파밧!

그들이 객잔으로 뛰어 들어오는 순간, 펄쩍 뛰어오른 귀면랑이 2층의 창을 통해 바깥으로 몸을 날렸다.

눈 깜짝할 사이 흔적도 없이 사라진 그의 뒷모습을.

'저자는 대체 누구란 말인가.'

정파와 사파의 모두가 두려움과 놀라움이 담긴 눈으로 바라보고 있었다.

그로부터 잠시 후.

창 너머로 무림맹의 숙소가 보이는 방 안.

그곳에 유신운과 함께 모습을 감춘 여득구가 자리하고 있었다.

스슥! 처척!

그러던 그때 방 안의 천장에서 수많은 흑의인들이 제 모습을 드러냈다.

그들의 등장에도 여득구는 아무런 반응도 없었다.

그때 흑의인 중 하나가 말을 꺼냈다.

"일영님의 분부대로 생쥐들의 뒤처리를 끝냈습니다."

그러나 여득구는 그에 대한 대답 없이 다른 이야기를 꺼냈다.

"마교에게 의뢰는 없던 것으로 하겠다고 전해라."

"예? 그러면 천진중과 척을 지게-."

촤아아! 후아아!

놀란 흑의인이 말을 꺼낸 순간, 여득구의 몸에서 사람의 것이라고 상상할 수 없는 음험한 기운이 퍼져 나갔다.

온몸을 파고드는 귀기에 말을 꺼냈던 흑의인이 몸을 덜덜 떨며 고개를 급히 숙였다.

여득구가 살기를 내뿜으며 말했다.

"꺼져라."

"조, 존명!"

스스슥!

여득구의 한마디에 흑의인들이 전부 사라졌다.

그러자 여득구는 다시금 창밖으로 비치는 무림맹의 숙소를 바라보았다.

'귀면랑, 아니 유신운. 넌 나의 먹잇감이다. 어느 누구도 손을 대게 하지 않겠어.'

그의 눈빛에 광기로 물들어 있었다.

6장

"대체 무슨 짓을 저지르신 겁니까."

검황 담천군의 이제자 이세천이 누군가를 향해 불만을 토해 내고 있었다. 매섭게 쏘아 내는 이세천의 눈빛에는 분노가 가득했다.

하나 상석에 앉아 그런 그를 조용히 관망하고 있는 중년인은 여유가 넘쳐나고 있었다.

"무엇이 말이냐?"

선명한 비웃음과 함께 중년이 입을 열었다.

그의 태도에는 무림맹의 장로와 동일한 취급을 받는 이세천에 대한 존중 따위는 조금도 담겨 있지 않았다.

그러나 이세천은 이런 취급이 익숙하다는 듯 받아 넘기며 말을 이어 갔다.

"몰라서 물으시는 겁니까? 방금 맹의 무인들 중 여럿이 의문인들의 습격을 받았다는 보고를 받고 오는 길입니다!"

밤중에 습격을 받은 것은 내찰당원뿐만이 아니었다.

피습을 당하여 중상을 입은 일급 무사들이 보고 들은 것만 10명이 넘었다.

천만다행으로 구파일방과 칠대세가의 일원들의 피해가 없었기에, 자신이 힘을 써 큰 사태가 되지 않게 겨우 덮을 수 있었다.

그러나 하마터면 비무 대회에 앞서 정사 간에 크게 피를 볼 뻔하였다.

'이 피에 미친 놈!'

이세천이 중년인을 바라보며 이를 갈았다.

이 모든 사태의 배후가 바로 눈앞의 중년인이었다.

숨을 쉬는 것만으로 주변에 짙은 혈향이 풍겨나게 하는 그의 정체는.

다름 아닌 사파련 십패 중 최강이라 불리는 통천방의 방주, 혈사자(血獅子) 북리겸(北里兼)이었다.

그러던 그때 의자의 손잡이를 매만지던 북리천이 이제는 대놓고 비웃음을 흘리며 말을 꺼냈다.

"클클, 지레 겁을 집어먹고 뛰어오는 꼴이라니. 역시나 제 주인을 닮아 한심하기 그지없군."

담천군을 희롱하는 그의 말에 이세천이 더는 화를 참지 못하고 목소리를 높였다.

"스승님께 말을 가려 하시오, 간령주(艮靈主)!"

놀랍게도 이세천은 북리겸을 간령주라 칭하고 있었다.

그랬다. 북리겸 또한 혈교의 팔령주 중 하나였던 것이다.

후아아! 촤아아!

이세천의 말이 끝난 순간, 터져 나온 북리겸의 가공할 기운이 주변을 잠식했다.

그리고 다음 순간.

"끄윽!"

눈에 보이지 조차 않는 속도로 움직인 북리겸이 한 손으로 이세천의 목을 움켜쥐고 들어 올렸다.

이세천이 고통에 허공에서 발버둥을 쳤지만, 순식간에 자신의 몸을 파고든 북리겸의 기운에 완벽히 제압되고 말았다.

"말을 가려 하라? 네놈 따위가 감히! 내게 그따위 말을 할 수 있는 처지인 것 같더냐."

"크윽! 우리……와 미리 이야기한…… 것과 다르지 않습니까."

"흥! 그럼 난 너희들이 꾸며 낸 이 촌극에 숟가락이나 올리고 그냥 끝을 내라는 것이냐. 아니, 절대 그럴 수는 없지."

그 말과 함께 북리겸을 손에서 풀어주었다.

지면에 주저앉은 이세천이 하얗게 질린 얼굴로 연신 기침을 쏟아 내었다.

그 모습을 보며 제 입꼬리를 말아 올린 북리겸이 말을 이어 갔다.

"혈쟁의 선봉장은 내가 될 것이다. 그분의 뜻을 제대로 이뤄 낼 수 있는 것은 오로지 나뿐이야."

말을 마친 북리겸의 눈동자에 진한 광기가 일렁이고 있었다.

그 모습을 보며 이세천은 처음으로 두려움이란 감정을 느꼈다.

'……태령주가 억제하며 겨우 균형을 맞춰 주고 있었거늘. 그가 사라지니 저 피에 미친 광인이 걷잡을 수 없이 폭주하는구나.'

사파련 내에는 무림맹과의 관계에 비호전적인 온건파와 호전적인 과격파, 두 세력이 있었다.

통천방은 그중 과격파의 수뇌였다.

그는 월례회에서도 항상 정사대전을 당장이라도 일으키고 싶어 안달이 나 있었는데.

구룡방의 염천석이 사파련 내에서 온건파들을 규합해 균형을 맞추며, 북리겸의 무모한 행동들을 막아 내고 있었다.

하지만 염천석은 죽음을 맞이했고, 그 후로 북리겸이 이리 미쳐 날뛰는 것이다.

그런데.

북리겸이 이렇게 행동을 하는 이유는 한 가지가 더 있었다.

-가까운 시일 내에 교주님이 폐관 수련을 마치실 거라는 소식이 들어왔다. 내용을 알게 되면 간령주가 어떤 움직임을 보일지 모르니 필히 주의하고 있거라.

교주님이 본래 예정되어 있던 폐관 수련의 완성일보다 훨씬 일찍 나오게 되었다.

담천군이 그에게만 은밀히 알려 주었던 일이었다.

그러나 북리겸의 현재 반응을 볼 때, 그 또한 첩보를 입수한 듯했다.

폐관 수련을 마치고 나오신 교주님이 가장 먼저 할 일은 지금까지의 진행 상황에 대한 신상필벌일 것이다.

그러니 팔령주들은 눈에 띄는 성과가 필요했다.

'젠장, 이놈에게는 유신운의 처치만 맡길 작정이었는데. ……아무래도 납치를 서둘러야겠군.'

이세천이 고심하던 그때, 북리겸과 그의 눈빛이 허공에서 부딪쳤다.

"할 말이 끝났으면 그만 꺼져라."

북리겸의 축객령에 이세천은 살기 어린 눈빛을 쏘아 내다가 이내 홀연히 사라졌다.

같은 시각.

유신운은 숙소 안의 침상에 누워 곤히 잠이 들어 있었다.

코를 골고 몸을 긁적이기까지 하는 그의 모습은 깊이 잠에 들어 있는 것이 분명해 보였다.

……천장에서 그를 감시하고 있는 살문 살수들의 시선에는 분명히 그러했다.

하지만.

'여득구의 수하들이군.'

환진으로 그들의 눈을 속인 유신운은 방 한가운데에 선 채로 도리어 그들을 낱낱이 살피고 있었다.

객잔에서의 싸움을 끝마치고 따라붙는 여득구를 따돌린 후, 자신의 숙소로 향했다.

본래의 모습으로 돌아온 유신운은 방 안으로 들어오자마자 이상을 느꼈다.

'싸움이 있었군.'

혈흔과 시체는 숨겼지만 사령술사만이 느낄 수 있는 죽은 자가 남기는 사기는 숨기지 못했다.

유신운은 자연스럽게 침상에 누우며 적들의 오감을 마비시키는 환상을 보이는 진법을 발동시켰다.

천장으로 폴짝 뛰어오른 유신운은 살수들의 눈앞에서 대

놓고 손을 휘저었다.

하지만 몽롱하게 바뀐 그들의 눈빛은 유신운의 그런 행동을 조금도 알아차리지 못했다.

'이대로 베어 버릴까.'

살수들을 보며 검파에 손을 가져가던 유신운은 잠시 생각에 잠겼다가, 이내 행동을 멈추고 다시 바닥으로 몸을 날렸다.

'······일단은 확인할 건 해 보고 결정하자고.'

그렇게 생각하며 유신운이 반쯤 열린 창문을 향해 손을 뻗었다.

스아아.

그러자 곧이어 섀도우 위스퍼가 제 모습을 드러냈다.

자신을 뒤쫓던 여득구에게 몰래 붙여 놓았던 녀석이었다.

섀도우 위스퍼가 자신이 보았던 것들을 유신운에게 비춰 주기 시작했다. 모든 것을 확인한 유신운의 표정이 미묘해졌다.

-마교에게 의뢰는 없던 것으로 하겠다고 전해라.

-예? 그러면 천진중과 척을 지게-.

'천진중이라면······.'

들어 본 적이 있는 이름이었다. 분명히 현 '마교'의 부교주인 광마의 본명이었다.

'아무래도 식미각의 첩자를 처치한 일로 의뢰가 맡겨진 모양이군.'

그러나 유신운은 마교가 자신을 노린다고 겁을 집어먹지는 않았다. 어차피 그 일로 마교의 표적이 될 것이라는 사실을 예상하고 있었기 때문이다.

오히려 의외의 소득이라 생각하고 있었다. 마교의 누가 자신을 노리고 있는지 정확히 알게 되었으니까.

'그건 그렇고 이로써 확실하진 않지만 여득구의 정체 또한 좁혀졌군.'

순간, 유신운이 고개를 가로저으며 말을 꺼냈다.

"망할, 뿌린 대로 거두는 건가? 살문이라니."

유신운은 여득구를 살문이라고 정확히 짚어내고 있었다.

유신운이 여득구의 정체를 좁힐 수 있었던 것은 두 가지의 단서 덕분이었다.

여득구를 '일영'이라 칭한 것과 마교의 의뢰를 거부한 것 때문이다.

일단 고위 살수를 그림자[影]로 칭하는 것은 훗날 알려지게 되는 살문만의 특징이었고.

감히 마교에게 의뢰를 받고 또 그 의뢰를 거부할 수 있는 살수 단체는 무림에 단 한 곳, 살문밖에는 없었던 것이다.

이것이 무슨 운명의 장난인지는 모르겠지만, 자신이 적당히 거짓말로 떠들었던 존재와 얽혀 버렸다.

그러나 유신운의 머릿속에는 아직 한 가지 의문이 남아 있었다.

'……그런데 왜 의뢰를 거부한 거지?'

아무리 생각해도 여득구가 자신의 암살을 거부한 이유가 짐작되지 않았다.

'지금 가서 처치해야 할까.'

섀도우 위스퍼를 통해 여득구의 은신처는 이미 파악해 놓은 상태였다. 숨긴 힘을 발휘한다면 녀석들을 해치우는 것은 어렵지 않을 터였다.

'아냐, 그것보다는 이용할 수 있는 만큼 이용하는 편이 더 좋겠어.'

그러나 유신운은 곧 생각을 달리했다.

여득구는 이유는 모르지만 자신을 노리던 다른 암살단을 처치하여 주었다. 흔적까지 싹 없애 준 덕에 괜한 귀찮은 일에 휘말리지 않게 되었다.

'놈들끼리 싸움을 붙이고, 나는 얌전히 누워서 떡이나 먹어야겠어.'

그러다가 둘 다 죽어 주면 가장 좋을 터였다.

그렇게 유신운은 살수들에게서 관심을 돌렸다.

'일단 지금 중요한 건 비무 대회에서 혈교가 저지를 계획들을 막는 것이 우선이야.'

비무 대회를 통해 혈교가 벌이려는 계획은 무림맹과 사파련 사이의 갈등을 더욱 격화시키는 것일 터였다.

비무 대회는 또 다른 미래에서는 벌어진 일이 아니었기 때문에 모든 것을 미리 예상하고 대비하여야 했다.

여러 단서들을 종합하여 그는 비무 대회에서 벌어질 계획을 두 가지로 짐작하였다.

첫 번째는 대회에서 자신을 죽이는 것이었다.

본래 비무는 살인을 허용치 않았다.

하지만 배분상 결코 올라갈 수 없는 자신의 이름이 명단에 올라간 것을 보면, 필히 어떤 목적이 있을 것이었다.

유신운은 그 목적을 자신의 암살로 생각했다.

무림맹 내의 혈기왕성한 무인들을 대변하고 있는 자신을 죽임으로써 갈등을 조장시킬 작정일 듯했다.

그리고 두 번째는 언소소를 납치하는 것이라 예상했다.

이것은 또 다른 미래에서 보았던 일이기에 확률이 더욱 높았다.

신투를 붙여 놓았으니, 만일의 사태가 벌어진대도 최대한 빨리 대처할 수 있으리라.

하지만 유신운의 표정은 썩 밝지 않았다.

자신에 대한 걱정은 전혀 없었다. 누군가 자신에게 살수를 뻗는다 해도 모두 제압해 버리면 그만이니까.

'아직도 한참 부족해.'

하지만 언소소의 실력은 내찰당원들 중에서도 낮은 편에 속했다.

조금이라도 더 발전을 시켜 놓아야 적들에게 확실히 대항할 수 있으리라.

"후우, 부족한 제자들 때문에 스승이 귀찮아지는구나."

그렇게 말하며 유신운이 품에서 무언가를 하나 꺼내 들었다.

수투였다.

요괴굴을 탈출한 내찰당원들에게 주었던 것과 같은 것이었다.

유신운이 수투를 자신의 손에 끼었다.

스아아!

그러곤 끌어올린 기운을 수투에 주입하기 시작했다.

촤아아! 기이이이!

그러자 영롱한 광채와 함께 기괴한 귀음이 울려 퍼지기 시작했다.

'귀면갑. 숨겨져 있던 힘을 발휘해라.'

이 수투는 창천무고에 잠들어 있던 귀면갑을 백이랑에게 가져가 11개의 수투로 재창조한 물건이었다.

수투에서 퍼져 나가던 귀기가 유신운의 전신에 파고들기 시작하였다.

순간, 수투에 잠들어 있던 악몽을 먹는 요괴, '맥'의 의념이 눈을 떴다.

'어딜 감히.'

유신운은 자신을 잠식하려는 놈을 힘으로 눌러 찍었다.

유신운은 맥의 권능을 이용해 내찰당원들의 힘을 증폭시킬 예정이었다.

"으헤헤."

경박하기 그지없는 웃음소리가 울려 퍼졌다.

언소소가 목소리의 주인공이었다.

온갖 산해진미가 상다리가 부러질 정도로 쌓여 있는 방 안에서 그녀는 한 손에는 오리 다리를, 다른 한 손에는 닭다리를 들고 연신 쩝쩝거리며 먹고 있었다.

평상시 그녀의 모습과는 완전히 달랐다.

그녀는 어떤 상황에서도 다른 사람들의 시선을 의식하여 언제나 단정하고 정돈된 모습만을 보여 주었기 때문이다.

하나 지금 언소소는 거추장스러운 체면은 벗어던지고, 입 주변에 음식을 죄다 묻히며 게걸스럽게 먹고 있었다.

그런 그녀가 살코기를 다 발라 먹은 뼈를 빈 그릇에 놓았을 때, 놀라운 일이 발생했다.

찰나의 순간, 분명히 싹 비워져 뼈만이 달랑 남아 있던 그릇에 새로운 음식이 나타난 것이다.

전혀 현실 같지 않은 그 모습이 이곳이 어떤 곳인지를 설명해 주고 있었다.

이 공간은 현실이 아니었다.

지쳐 잠이든 언소소의 숨겨진 욕망이 발현되는 꿈속이었다.

'너무 맛있다. 아, 행복해.'

새롭게 나타난 국수의 국물을 그릇째 들어 목구멍으로 넘기며 언소소는 행복에 빠져 있었다.

다른 이들 앞에서는 가문의 체면 때문에 꼭꼭 숨기고 있지만, 그녀는 맛있는 음식을 광적으로 좋아했다.

언제나 배고픔을 달고 사는 그녀는 꿈속에서만큼은 자신이 먹고 싶은 만큼 음식을 양껏 먹으며 현실에서 쌓였던 피로감과 짜증을 풀고 있었다.

한데 그때였다.

―뀨잉.

'으응?'

그녀가 젓가락질을 멈추었다. 어딘가에서 들어 본 적 없는 소리가 들려오고 있었다.

―뀨, 뀨잉.

희미하던 소리는 점점 더 선명해졌다.

짐승의 울음 같은 그 소리에서 왠지 모르게 몹시 서글픈 감정이 느껴졌다.

스아아.

그때 허공의 한 구석이 빙빙 돌며 소용돌이치기 시작했다.

그녀가 표정에 당황을 숨기지 못하던 그때.

그 와류 속에서 알 수 없는 무언가가 제 모습을 드러내었다.

'……저건?'

생전 처음 보는 기괴한 외견의 짐승이었다.

땅에 닿을 정도로 길쭉한 코, 곰의 몸, 소의 꼬리와 날카로운 범의 발톱을 지니고 있었다.

―뀨잉.

하지만 흉악스러운 모습과는 달리 녀석은 지면에 주저앉아 울기만 했다.

'……누구한테 얻어맞은 건가?'

녀석의 눈두덩이가 파랗게 멍이 들어 있었다.

그녀가 연민을 느끼며 오리 다리를 하나 내어주려던 그때.

우웅!

허공에 다시금 거대한 와류가 나타났다.

그리고 잠시 후, 그 속에서 나타난 것은.

"헉!"

다름 아닌 유신운이었다.

그는 모습을 나타내자마자 짐승의 뒤통수를 후려쳤다.

"이 자식이 같이 가야 할 것 아냐! 더 처맞고 싶어?"

─뀨, 뀨잉.

그에 짐승은 겁에 질려 덜덜 떨고 있었다.

그 모습을 보며 쯧 하고 혀를 찬 유신운이 고개를 돌렸다.

눈이 마주친 그녀가 움찔하며 말을 꺼냈다.

"여, 여기에 어, 어떻게……?"

"어쭈, 살판났구먼. 하라는 훈련은 안 하고 먹을 거나 처먹고 있다 이거지?"

"죄, 죄송합니다!"

그녀가 황급히 입에 묻은 음식을 소매로 닦으며 사과하던 찰나.

스아아!

갑자기 방 안에 쌓여 있던 산해진미가 송두리째 사라지기 시작했다.

'어어?'

그것이 끝이 아니었다.

그녀의 침상이 놓여 있던 방 안이 지진이라도 난 듯이 흔들리더니, 곧이어 끝없이 넓게 펼쳐진 백색의 공간이 되었다.

그때 유신운이 조금도 놀라는 기색 없이 자신의 검을 뽑으며 그녀에게 다가섰다.

"이제 좀 깨달음을 얻었나 했더니. 별것도 아닌 놈들한테 쥐 터지고 왔다 이거지."

"그, 그것이 아니라! 자, 잠시만요!"

"문답무용!"

"꺄아!"

그녀가 제대로 변명을 끝마칠 틈도 없이 유신운이 달려들며 매타작, 아니 훈련이 시작되었다.

그 처참한 모습을 보며 귀면갑에 봉인되어 있던 요괴 '맥'이 제 코로 눈을 가렸다.

맥의 권능은 두 가지였다.

하나는 매개체를 지니고 있는 상대방의 '꿈'에 들어가 자신의 마음대로 꿈을 바꿀 수 있는 것이었다.

매개체란 곧 유신운이 내찰당원들에게 건넨 수투였다.

유신운은 첫 번째 권능을 통해 내찰당원들의 꿈에 들어갔고, 그들이 즐기고 있던 달콤한 꿈을 지옥 훈련의 악몽으로 만들어 주었다.

설령 죽더라도 다시 살아나기 때문에 유신운은 손 속에 사정을 두지 않고 내찰당원들을 세차게 몰아붙였다.

하지만 이것은 꿈속이지 않은가.

무리에 대한 깨달음은 줄 수 있겠지만 아무리 대련을 하고 훈련을 한들, 현실의 신체에 아무런 영향이 가지 않을 터였다.

그러나 같은 시각.

악몽을 꾸며 식은땀을 흘리고 있는 내찰당원들의 신체는 새로운 내기로 충만하여 있었다.

맥의 두 번째 권능 덕택이었다.

맥은 심령이 연결된 두 사람의 기운을 전달하여 줄 수 있었다.

귀면갑은 또 다른 미래에서 혈교가 수많은 마인들을 빠르게 키워 낸 비법 중 하나였다. 그들은 혼령을 장악한 상대의 내공을 강제로 모두 뽑아내는 식으로 악용하였었다.

'흐음, 언가의 기운은. 아, 이걸 주면 되겠군.'

유신운은 충의각에서 흡수했던 수많은 무인들의 기운 중 내찰당원들에게 적합한 내기를 선별하여 자연스럽게 흘려보내 주고 있었다.

각 문파와 가문에 맞는 내기들을 보내 주고 있었기에, 주화입마 같은 것은 전혀 걱정하지 않아도 되었다.

내찰당원들은 자신도 모르는 사이 최상위의 격체전공을 받고 있는 것이나 마찬가지였다.

그들의 성취가 놀라울 정도로 급상승되어 가고 있었다.

'좋아, 예상보다 더 좋군.'

유신운이 겉으로 티내지 않고 마음속으로 흡족해하였다.

모든 것이 자신의 예상대로 흘러가고 있었다.

……하지만 유신운은 미처 몰랐다.

이 몽중 훈련이 전혀 생각지 않은 효과를 발휘하게 될 줄 말이다.

어느덧 시간은 빠르게 흘러 비무 대회의 개최일이 도래하여 있었다.

60인의 후기지수들이 참전하는 부비무가 3일간 먼저 치러졌다.

최종 승자가 가려지는 셋째 날에, 유신운을 비롯한 장로들이 참여하는 본비무와 함께 끝이 나게 되는 일정이었다.

난주 전체가 성대한 축제라도 벌어지는 것 같은 분위기였다.

오늘을 위해 특별히 마련된 1천여 명이 넘는 인원을 수용 가능한 웅장한 관객석에 수많은 인원이 줄을 지어 들어서고 있었다.

"흥! 사파의 잡놈들을 지르밟고 무림맹의 후기지수들이 정파의 기상을 보여 줄 것이야!"

"헛소리! 사파련의 호걸들이 정파의 위선자들의 엉덩이를 걷어차 줄 것이다!"

그들은 마치 자신들이 싸우는 것인 양 감정 이입을 하며 상대편을 응원하러 온 관객들에게 목소리를 드높였다.

관객들이 쏟아 내는 함성과 야유 소리가 가운데에 자리한 비무장을 진동시켰다.

반면 출전을 대비하는 후기지수들의 대기실은 어느 곳이

든 긴장감이 팽배하여 있었다.

"아미파의 이름에 먹칠을 하는 순간, 너는 합당한 죄값을 치러야 할 것이다."

"1차전에서 떨어지거든 자결을 할 각오로 임해라."

정사의 후기지수들이 속한 사문의 존장들이 대기실로 찾아와 참가자들에게 거센 압박을 하고 있었다.

그들로서는 자존심이 걸린 일이었다.

하지만 연신 고개를 숙이고 있는 후기지수들의 낯빛은 부담감에 까맣게 죽어가고 있었다.

그런 찰나 한 곳에서만큼은 부녀의 정이 넘쳐나고 있었다.

"휴우, 나는 네가 부디 다치지만 않았으면 좋겠구나."

모용세가의 가주 모용명은 딸인 모용미의 머리를 쓰다듬으며 말했다. 그의 표정에 걱정이 한가득 담겨 있었다.

모용명은 그녀가 비무 대회에서 지거나 말거나 상관이 없었다. 오로지 그의 관심은 그녀가 사파의 무뢰배들에게 몸을 상하지 않는 것에만 향해 있었다.

그랬다. 모용명은 강호에 유명한 딸바보였던 것이다.

"긴장은 되지 않더냐?"

모용명이 나직하게 말을 꺼냈다.

사실 무덤덤한 모용미와 달리 오히려 모용명이 더욱 긴장한 것으로 보일 지경이었다.

모용미는 자신감이 느껴지는 대답을 하였다.

"오늘을 위해 착실하게 준비해 온 걸요. 걱정하지 않으셔도 됩니다, 아버님."

그러나 그녀의 대답에도 모용명의 표정은 밝아지지 않았다.

그는 섬섬옥수 같던 자신의 딸아이의 손이 고된 훈련으로 엉망이 되어 있는 것을 보고 인상을 찌푸리고 있었다.

'끄응, 이럴 줄 알았으면 내찰당에 보낼 때 더욱 강하게 반대를 할 것을…….'

모용명은 그녀를 내찰당에 보내고 싶은 마음이 없었다.

하지만 딸아이의 의지와 언제까지 딸아이를 품에 끼고 돌 것이냐는 아내의 압박 때문에 어쩔 수 없이 허락해 준 것이었다.

'내찰당주가 동년배에 비해 월등히 뛰어난 실력이라고는 하지만, 무공을 가르치는 것은 유수한 경험을 지닌 내가 더욱 뛰어날 것……? 어라?'

모용명이 생각을 마치곤 오랜만에 모용미의 성취를 살펴보다가 두 눈을 커다랗게 떴다.

오랜 시간을 절정에서 갈팡질팡하고 있던 그녀가 초절정을 가까이에서 바라보고 있었던 것이다.

모용명이 당황을 애써 숨기며 말을 꺼냈다.

"……한데 어찌 근래에 실력이 많이 진전된 것 같구나?"

"예, 그것이 어쩌다 보니……."

모용명의 말에 처음으로 무표정으로 일관하던 모용미의 표정에 묘한 변화가 일어났다.

이어 갑자기 생각에 잠기는 딸아이를 보며 고개를 갸웃하던 모용명은.

'뭐지? 이 불쾌감은?'

가슴속에서 알 수 없는 불안감과 불쾌감이 동시에 꿈틀거리는 것을 느꼈다.

한데 그때였다.

생각을 마친 모용미가 한눈에도 복잡해 보이는 눈빛을 띠며 말을 꺼냈다.

"……아버님."

"으응? 왜 그러느냐?"

조심스럽게 자신을 부르는 모용미의 말에 모용명이 대답했다.

그러자 모용미가 의미를 알 수 없는 말을 꺼냈다.

"……매일 같은 꿈을 반복하는 것은 어떤 의미가 있는 걸까요?"

'허, 압박감에 악몽이라도 꾸는 건가?'

그녀의 말에 모용명의 표정이 어두워졌다. 딸아이가 비무대회의 압박감에 악몽을 거듭하고 있는 것 같았기 때문이다.

"반복해서 꾸는 것은 아무래도 무의식적으로 그것에 신경을 쓰고 있기 때문이겠지. 마음을 편안히 하면 더 이상 꾸지 않게 될…….”

모용명이 딸아이를 안심시키기 위해 말을 꺼낸 그 순간.

“……그럼 같은 사람이 반복해서 나오는 것 또한 제가 그를 신경 쓰고 있는 것 때문이겠군요.”

“……뭐, 뭣!”

모용미가 전혀 생각지 않은 말을 꺼냈다.

같은 사람이 꿈에서 나온다고?

게다가 ‘그’라고?

모용명은 당황한 표정을 숨기지 못했다.

‘누, 누구인지 알아야 해!’

모용명이 기운까지 끌어 올려 최대한 마음을 진정시킨 후, 다시금 생각에 잠긴 모용미에게 질문을 던지려 했다.

끼익.

그때 대기실의 문이 열렸다.

모용명이 고개를 돌리자 덤덤한 표정의 유신운이 자리하고 있었다.

유신운은 그에게 가볍게 인사를 하곤 모용미에게 시선을 돌렸다.

“당주님!”

뒤늦게 확인한 모용미가 황급히 인사하려 하자, 유신운이 손을 들어 제지했다.

“네가 가장 선발 출전인가?”

"……네."

"그래, 그냥 긴장하지 말고 잘하라고 말하러 왔다."

"감사합니다."

"뭐, 물론 지면 돌아가면서도 훈련이야."

"알고 있습니다."

그녀의 반응에 유신운은 재미없다는 듯 피식 웃었다.

그때 모용명이 고개를 몇 번이고 돌리며 딸아이와 유신운의 얼굴을 확인했다.

'이놈이다, 이놈이야!'

그렇게 붉으락푸르락하는 모용명의 얼굴을 보며.

'이 아재는 왜 이래?'

유신운은 제 고개를 갸웃할 수밖에 없었다.

출전 준비를 마친 모용미가 비무대로 향하자, 유신운과 모용명 또한 대기실을 빠져나왔다.

대기하고 있던 무림맹 무사의 인도로 그들은 자신들의 좌석으로 안내되었다.

일반 관중석과 떨어진 위층에 고위층들만이 자리할 수 있는 특별석이 마련되어 있었다.

"……크흑, 벌써 그런 때가 와 버린 건가. 아냐, 아닐 거야."

통로를 이동하며 모용명은 무언가에 홀린 사람처럼 계속해서 알 수 없는 혼잣말을 반복하고 있었다.

'저 양반은 대체 왜 저러는 거야?'

그럴 때마다 영문을 모르겠는 유신운은 그저 고개를 갸웃할 수밖에 없었다.

"두 분 다 이쪽으로 올라가시면 됩니다."

그런 찰나, 금세 목적지에 도착하였다.

통로를 벗어나자 20인 정도만이 자리할 수 있는 특별석이 모습을 나타내었다.

두 사람이 가장 마지막에 온 것인지 이미 자리는 가득 차 있었다.

순간, 유신운에게 수많은 시선이 한 번에 쏠렸다.

속한 파벌에 따라 유신운과 마주친 눈빛들에 담긴 감정이 달랐다.

화산파 파벌의 장문인들과 이공자 이세천은 대놓고 적의를 쏘아 내고 있었으며, 나머지 구파일방과 칠대세가의 존장들은 모용명과 함께 온 그에게 흥미를 보이고 있었다.

자신에게 쏟아지는 눈빛들을 담담하게 받아 내며 유신운은 자신을 보고 있지 않은 단 한 사람을 지그시 쳐다보았다.

'연천악.'

담천군의 대제자인 연천악이었다.

이세천의 옆자리에 앉아 있는 그는 공허함이 담긴 눈빛을 한 채, 비무대에 올라선 후기지수들을 바라보고 있었다.

'······이세천과는 완전히 달라. 무언가 삶에 대한 의지가 보이지 않는 것 같은 느낌이야.'

지금껏 보아 온 이세천과 연천악의 모습은 무언가 괴리감이 있었다.

어떻게든 더 권력과 힘을 잡으려고 무던히 애쓰는 이세천과 달리 연천악은 자신의 숙소에서 두문불출하며 무공의 연마에만 힘을 쏟았다.

그런 탓에 검황의 대제자임에도 무림맹 내에 연천악의 세력은 전무했다.

'분명히 황룡위의 일석이 연천악이지만, 오히려 황룡위의 실권은 이세천이 쥐고 있다고 했지.'

대내외적으로 이세천이 진정한 검황의 후계자라고 불리는 것은 그 때문이었다.

유신운은 연천악이 담천군의 나머지 두 제자들과는 무언가 다른 위치라고 생각했다.

첫 의심은 또 다른 미래에서 본 그의 행적에서 시작되었다.

연천악은 혈교가 전면에 나서기도 전에 사파련 무인들의 암습으로 일찍 죽음을 맞이했다.

무림맹주의 대제자의 죽음은 전쟁을 반대하던 문파들마저 강제적으로 싸움에 휘말리게 하였다.

결국 그의 죽음은 또 한 번의 정사대전을 불러일으키는 시발점이 된 것이다.

'이번 비무 대회 동안에 연천악이 지닌 비밀을 밝혀내겠어.'

그렇게 유신운은 생각을 정리하고 앉을 자리를 찾았다.

모용명은 이미 칠대세가 모여 있는 자리로 가서 앉은 상태였다.

"앉을 곳이 마땅찮다면 내찰당주는 이쪽으로 오시게. 여기가 전경이 나쁘지 않아."

그때 개방의 주취신개 장유가 손짓하며 유신운을 불렀다.

딱히 거절할 이유가 없었기에 유신운은 고개를 끄덕인 후, 터벅터벅 걸어가 그의 옆에 앉았다.

구파일방의 인물들 중 놀라는 이들이 꽤 있었다. 그들은 유신운이 칠대세가 쪽에 속한다고 생각했기 때문이다.

장유 또한 정말로 유신운이 자신의 곁에 와서 앉자 살짝 놀란 느낌이었다.

하지만 곧이어 흡족한 표정을 지으며 허리에 달고 있던 여러 개의 호리병 중 하나를 유신운에게 건넸다.

"이건?"

"흐흐, 원래 남의 싸움은 곡주와 함께 봐야 제맛이거든."

듣던 중 마음에 드는 소리였다.

유신운은 거리낌 없이 호리병에 든 술을 벌컥벌컥 들이켰다.

목이 타들어 가는 것만 같은 독주였지만, 유신운의 취향이었다.

"달군요."

"호오, 유 당주가 술을 좀 하는군. 풍문에 백운세가에 그리 명주가 많다던데. 다 자네의 것이었나 보구면."

"맹으로 돌아가면 답례주와 함께 뵈러 가지요."

"오오, 이거 내가 사람을 제대로 봤구면."

두 사람이 살가운 담화를 나누던 그때였다.

둥! 두둥!

커다란 북소리가 연이어 울려 퍼지기 시작했다.

드디어 비무 대회가 시작되려 하고 있었다.

공정한 대결을 위해 외부에서 초빙된 4명의 심판들이 먼저 모습을 드러냈다.

심판들 또한 모두 강호에서 잔뼈가 굵은 무인들이었다.

그때 심판들 중 한 사람이 커다랗게 소리쳤다.

"무림맹과 사파련의 1번부터 4번 후기지수들은 비무대로 올라오십시오!"

후기지수들의 총 인원이 60명이나 되기에, 1차전은 네 개의 비무대에서 동시에 이루어졌다.

심판의 말이 끝난 순간, 귀청이 떨어질 것만 같은 함성 소리와 함께 여덟 명의 후기지수들이 제 모습을 드러내었다.

사람들의 환호성이 더욱 거세지고 있었다.

무림맹 측에서는 모용미와 황보동 그리고 아미파의 혈부용 해월이, 사파련 측에서는 요선림의 혈옥선녀 갈홍과 광풍각의 음지명 정도가 주목을 받고 있는 후기지수였다.

"오오, 오길 잘했구나."

"그 어떤 꽃도 모용세가 앞에선 빛을 잃는다고 하더니."

　그런 와중에 관중들은 모용미의 아름다움에 감탄하고 탄성을 쏟아 내고 있었다.

　모용미는 담담하게 그 상황을 넘기고 있었지만.

"실력보다 얼굴로 주목을 받는다니. 이거 원 불쌍해서 어떻게 하지?"

　그녀의 상대였던 혈옥선녀 갈홍은 질투심에 눈을 샐쭉하게 뜨며 그녀를 자극했다.

　하지만 모용미는 아무런 대답 없이 그런 그녀를 무심하기 그지없는 눈빛으로 바라볼 뿐이었다.

'이년이!'

　갈홍은 모용미의 태도에 더욱 화가 치밀어 올라 제 몸을 부르르 떨었다.

　살얼음판 같은 분위기가 연출되던 그때.

"비무를 시작하겠습니다!"

"와아아!"

　드디어 관중의 함성이 울려 퍼지며 비무가 시작되었다.

　파바밧!

여덟 명의 후기지수들은 동시에 신법을 발휘하며 앞으로 전광석화처럼 치고 나갔다.

그들 전부 문파에서 내로라하는 기재들이었기에, 어느새 언제 뽑았는지 모를 검이 들고 있었다.

채채챙! 채챙!

수많은 검과 검이 맞부딪치며 화려한 불꽃이 허공에 튀어 오르고 있었다.

아직 몇 수를 나누지도 않았건만, 초반에 승기를 확실히 잡은 쪽이 두 곳이나 있었다.

"역시 아미파의 미래라 불리는 해월이군요!"

"허허, 광풍각의 소각주가 겨우겨우 받아치고는 있지만 보아하니 오래 버티지 못할 것 같습니다."

혈부용 해월이 음지명을 상대로 맹검을 휘두르고 있었다.

음지명은 침음을 흘리며 수세에 몰렸다.

음지명은 절정 상급인데 반해, 그녀는 절정 최상급에 달해 있었기에 승부는 이미 끝이 난 것이나 마찬가지였다.

한편 다른 한쪽은 황보동의 비무대였다.

하지만 이곳은 상황이 완전히 달랐다.

"후우, 크윽!"

황보동이 거친 신음을 내뱉으며 상대의 공격을 힘겹게 받아 내고 있었다.

상대는 십패 중 하나인 용검문의 제자였다.

충격적인 모습이었다.

소문주도 아닌 평범한 제자에게 황보동이 밀리고 있었던 것이다.

"흐음, 부담감에 잠을 제대로 못 이룬 것인가. 상태가 정상이 아닌 것 같군."

지켜보던 장유가 고개를 갸웃하며 혼잣말을 내뱉었다.

그의 말처럼 황보동은 눈밑이 그늘이 진 것처럼 까맣게 변해 있었다. 병을 앓고 있는 사람처럼 초췌한 모습이었다.

유신운은 그 모습을 보며 겉으로는 안타까워하는 척을 했지만.

'쯧쯧, 매일 밤 제대로 잠에 든 적이 없을 테니. 힘을 발휘하기가 힘들겠지.'

속으로는 황보동을 비웃고 있었다.

황보동을 저런 상태로 만든 장본인이 다름 아닌 유신운이었다.

유신운은 다른 내찰당원처럼 황보동에게도 귀면갑으로 만든 수투를 주었다.

하지만 다른 이들과 달리 꿈속으로 들어가 훈련을 해 주거나 하지는 않았다.

당연했다. 놈은 혈교의 간자였다. 키워 줄 필요가 없었다.

'아니, 오히려 제대로 괴롭혀 주어야지.'

유신운은 맥의 권능을 이용해 지금까지 악몽을 계속해서

꾸게 했다.

놈은 여태껏 잠에 들 때마다 유일랑에게 쫓겨 사지가 찢기고 목이 베이는 꿈을 꿔 왔다.

난주에 오고 한숨도 못 자고 있었으니, 놈의 상태가 정상일리가 없었다.

"크악!"

그때 한 줄기의 비명 소리와 함께 황보동이 적의 공격에 휘말려 비무대 바깥으로 날아가 쓰러졌다.

장외로 떨어진 황보동은 그대로 탈락했다.

"와아아!"

벌써 첫 번째 탈락자가 나오자 사파 측의 관중들이 커다란 함성을 내질렀다.

황보동이 비틀거리며 몸을 일으키고는 모욕감에 부들부들 몸을 떨다가 통로로 사라졌다.

"……죄송하오만, 바쁜 일이 생겨 먼저 가 봐야 할 듯하오."

비무를 지켜보던 황보세가의 가주, 황보준이 딱딱하게 굳은 얼굴로 몸을 일으켰다.

생각지 않은 참사에 무림맹 측의 분위기가 차갑게 식었다.

한데 그때였다.

"흥! 내찰당에서 대체 어떤 지도를 하였길래, 저리 고작 첫 번째 대전에서 나가떨어지는지 원."

아미파의 장문인인 적하맹니(赤霞猛尼) 멸절사태가 유신운을 대놓고 비꼬았다.

"그러게나 말이오. 이러다가 지도를 맡은 누구 또한 무림맹의 이름에 함께 먹칠을 하는 것이 아닌지 모르겠소."

종남파의 절명검군(絕命劍君) 담풍 또한 한마디를 덧붙였다.

대놓고 유신운에게 무안을 주는 모습에 다른 장로들이 인상을 찌푸렸다.

멸절사태와 담풍이 슬며시 천강진인을 바라보았다.

그 또한 거들라는 무언의 압박이었다.

순간, 천강진인이 버벅 대며 말을 꺼냈다.

"이, 이번의 쓴 경험은 성장에 좋은 양분이 될 것입니다."

그것이 끝인가?

칠대세가의 장로들이 고개를 갸웃했다. 황보동을 비호하는 말이었기 때문이다.

적양자와 이세천까지 어이가 없어 하고 있었다.

천강진인조차 자신이 왜 이런 말을 했는지 어리둥절해하던 찰나.

유신운이 그 모습을 보며 속으로 웃음을 터뜨렸다.

'효과가 제대로 발휘되고 있군.'

천강진인이 황보동을 비호한 것은 유신운을 깎아 내리는 꼴이 되기 때문이었다.

그에 심어 두었던 영혼 복종 스킬의 효과가 점점 독소처럼 퍼지고 있었다.

"어, 잠깐만! 저건!"

한데 그때였다.

무언가를 확인한 모용명이 갑자기 자리에서 벌떡 일어났다.

혈옥선녀 갈홍의 맹공에 맞서 구천유수십일검으로 수비만 하고 있던 모용미가 새로운 기수식을 취하고 하고 있었다.

슈아아! 촤아아!

그와 동시에 그녀의 검에 희미하게 일렁이던 검사가 완전한 형상을 갖추기 시작하였다.

"검사!"

"벌써 초절정에 들었단 말인가!"

내찰당원들 중 세 번째로 초절정의 경지에 오른 모용미였다.

"죽엇!"

검사를 보자 불안감이 피어오른 갈홍이 악을 지르며 그녀에게 달려들었다.

스윽.

그때 모용미가 달려드는 그녀에게 유려한 움직임으로 검을 뻗어 내기 시작했다.

그 순간.

초절정의 경지에 올라 '유'의 묘리를 제대로 깨우친 자만이

사용할 수 있는, 거친 파도와 같이 휘몰아치는 모용세가의
절기.

구천격랑칠검이 위력을 발휘했다.

구천격랑칠검(九川激浪七劍).
일초.
격랑파섬(激浪破閃).

우우우웅! 파아아!
"꺄아!"
거대한 폭음이 터져 나옴과 동시에 폭발에 휩쓸린 갈홍이
비무대 바닥을 뒹굴었다.
망신창이가 된 그녀에게 다가간 심판은 그녀가 완전히 정
신을 잃은 것을 확인한 후.
"모용미 승!"
모용미의 승리를 선언했다.
동시에 옆쪽의 비무대에서도 심판이 결과를 선언하고 있
었다.
"음지명 승!"
놀랍게도 초반부터 매섭게 몰아세우던 아미파의 혈부용
해월이 탈락한 것이다.
검사를 형성한 모용미의 활약에 놀라 한눈을 팔다가 빈틈

을 노린 음지명에게 일격을 제대로 당한 탓이었다.

"이이, 멍청한!"

멸절사태가 터질듯이 시뻘게진 얼굴로 부들부들 거리던 그때.

"스승이 누군지는 모르겠지만, 전투 중에 눈을 제대로 뜨는 것부터 가르쳐야겠군요."

유신운이 주취신개에게 나직한 목소리로 말을 꺼내고 있었다.

7장

부비무의 첫째 날이 끝나고 난 후, 무림맹의 장로들은 당혹감을 숨길 수 없었다. 그들의 예상과는 완전히 다른 결과가 펼쳐졌기 때문이다.

그들은 비무 대회를 치르기 전 무림맹의 후기지수들이 압도적으로 이길 것이라 자신했다.

하지만 결과를 놓고 보니, 사파 쪽의 승자가 훨씬 더 많았다. 승리하리라 장담하던 경험이 출중한 육당, 칠대에 속한 후기지수들이 무참할 정도로 많이 패배하였기 때문이다.

그러나 빗나간 예상 중 안 좋은 것만이 있는 것은 아니었다.

개중에서 내찰당만은 확실한 성과를 내었다.

무려 10명 중에 아홉 명이나 2차전에 올라간 것이었다.

그들은 황보동을 제외하면 아홉 명 모두 본인의 실력보다 벅찬 상대라 평가받는 사파련의 후기지수들을 상대하였다.

그러나 놀랍게도 막상 붙어 보자 당원들 모두가 압도적인 실력 차로 격파했다.

화산파 파벌의 장로들은 침음을 삼킬 수밖에 없었다.

그들의 후기지수들 또한 아미파의 해월을 제외하면 모두 2차전에 올랐지만.

그들은 조작한 것이 아니냐는 말이 나올 정도로 애초에 사파 측에서 최약이라 평가받는 상대들만을 만났기에, 주목은 커녕 의심만 받고 있었다.

비무 대회를 보고 온 관객들로 넘쳐나는 수많은 난주의 객잔에서는 오로지 내찰당원들에 대한 이야기만 쏟아지고 있었다.

"아니, 무림맹의 내찰당이란 곳이 이렇게나 뛰어난 당이었나?"

"그러니까 말일세. 완전히 쇠락한 당이라고 알고 있었는데 말이야. 그들의 무위가 이토록 뛰어날 줄 누가 생각이나 했겠나."

"한데 말이야. 내가 무림맹에 있는 친우에게 들어 보니, 그들 모두가 몇 달 전만 하더라도 이렇게 강하지 않았다고 하더구먼."

"엥, 그게 정말인가?"

"그래, 그들 모두 당주가 직접 훈련시키고 무위가 급진전했다고 하더라고. 으음, 내찰당주의 이름이 유신운이라고 했던가?"

"백운신룡 유신운!"

그와 동시에 유신운의 이름값도 덩달아 날이 갈수록 상승하고 있었다.

본래 사파의 무인들은 본비무에 출전하는 유신운을 완전히 무시하고 있었다. 과장된 소문이 많다고 평가절하하고 있었던 것이다.

하지만 그런 그들조차 수없이 많이 들려오는 유신운이란 이름 석 자에 점점 생각을 달리하고 있었다.

밤이 지나고 다시 아침이 와 있었다.

오늘은 부비무의 2차전이 펼쳐지는 날이다.

관객석은 어제보다 더 많은 이들이 자리하며 붐비고 있었다.

"우아아!"

그러던 중 심판이 모습을 나타내자, 비무장이 떠나갈 것 같은 거대한 환호성이 터져 나왔다.

어제와 달리 모습을 드러낸 심판은 한 명뿐이었다. 사람이 반절로 줄어들어 오늘부터는 한 판씩 치러지기 때문이었다.

그러던 그때 심판이 커다랗게 소리쳤다.

"무림맹 측의 무사 위무영, 태일은 비무대에 오르시오!"

비무대에 오르는 것은 같은 무림맹의 위무영과 태일이었다.

승자 진출전의 특징상, 2차전부터는 같은 진영끼리의 싸움이 벌어질 수도 있었다.

더욱이 화산파와 무당파의 싸움에 사람들의 시선이 집중되었다.

"크흑, 내 평생에 화산과 무당의 대결을 보게 되다니! 내일 죽는다 해도 여한이 없으리라."

"한데 둘 중에 누가 이기려나."

"참나, 언제 적의 무당파인가. 당연히 화산파지."

"흐음, 그래도 검황 이전 강호제일검은 항상 무당파에서 나오지 않았나."

"말에 답이 있지 않나. 저자가 바로 검황의 제자이거늘."

무당파와 소림사는 정파 무림의 양대북두라 불리는 최고의 명문이었다.

오랜 세월 그들을 뒤쫓던 화산파는 검황의 출현 이후 그들을 제치고 최고의 문파로 우뚝 섰다.

그러던 그때 태일을 노려보는 위무영의 눈빛에 숨길 수 없는 분노가 잔뜩 담겨 있었다.

'빌어먹을! 나에게 돌아와야 할 관심이 저놈에게 죄다 쏠

리고 있어.'

단연 이번 부비무의 최고의 화제는 태일이었다.

수투의 수련을 통해 태일은 놀랍게도 초절정 중급의 경지에 도달해 있었고, 태청검법을 넘어서는 검법인 양의검법(兩儀劍法)까지 펼쳐 보였기 때문이었다.

사실 당초 비무 대회를 준비할 때, 부비무는 무림맹과 사파련 양측 모두 계획에 없었다.

하지만 위무영이 담천군에게 빌다시피 하여 겨우 얻어 낸 기회였다.

그렇기에 위무영은 자신이 만들어 낸 판에서 날름 명예를 얻어 가는 태일을 고깝게 바라보고 있었다.

"비무를 시작하겠소!"

파바밧!

심판의 말이 끝나기가 무섭게 위무영이 한 줄기의 빛과 같은 속도로 앞으로 돌진했다.

촤라라! 화아아!

어느새 출수한 검이 허공에 수많은 매화를 화려하게 수놓았다. 화산파의 자랑인 이십사수매화검법이 그의 손에서 펼쳐졌다.

게다가 성취가 8성 이상에 달하면 풍겨나기 시작한다는 매화향이 발현되고 있었다.

놀라운 재능이었다.

위무영 또한 검황의 제자에 그냥 뽑힌 것이 아니었다.

채채챙! 채챙!

검과 검이 맞부딪치며 끝없이 불꽃이 튀기 시작했다.

어제의 활약과 달리 지금의 태일은 막기에 급급해 보였다. 무슨 이유에선가 검끝이 무겁기 그지없었다.

'역시 별것 없군!'

위무영은 그에 속으로 코웃음을 쳤다. 초절정 중급이라더니, 우스울 따름이었다.

태일이 지금 비무에 집중하지 못하는 이유는 간단했다.

'……나는 대체 어찌해야 하는가.'

황보동에 대한 고민이 머릿속을 가득 채우고 있었다.

요괴굴에서의 사건 이후로 그는 황보동에 대해 홀로 계속해서 의심을 해 오고 있었다.

그동안 의심은 어느새 확신으로 바뀌었는데, 어느 누구에게도 털어놓을 수가 없으니, 심마가 깊어지는 것이었다.

심마가 몸과 마음을 뒤덮고 있는데 제대로 무공을 사용할 수 있을 리 없었다.

그렇게 태일이 더 이상 피할 곳이 없는 구석으로 몰리고 있던 찰나였다.

-야! 뒈지고 싶냐? 싸움에 집중 안 해?

태일의 귓전에 거친 욕지거리가 파고들었다.

유신운의 전음이었다.

-당주님, 전……

-시끄럽! 황보동 때문인 건 이미 알고 있으니까.

그가 힘없이 한 대꾸를 유신운이 칼 같이 잘라 버렸다.

유신운의 입에서 황보동의 이름이 나오자, 태일은 경악을 금치 못했다.

'……설마 당주님도 알고 계셨던 건가?'

유신운이 태일이 황보동과 황보세가를 의심하고 있다는 사실을 처음 알아챈 것은 태일에 꿈에 들어갔을 때였다.

음식이 산처럼 쌓여 있던 언소소의 예처럼.

그들의 꿈에는 평소 자신이 지닌 무의식이 반영되었다.

그런데 태일의 경우, 황보동과 황보세가에 대한 의심이 그대로 구현되어 있었고.

쐐애액!

"이제 끝이다!"

위무영이 일갈을 토해 내며 최후의 공격을 뻗어 내던 그때.

-비무 대회가 끝이 나는 날, 진실을 알려 주마. 그러니까 정신 똑바로 차리고 제대로 싸워라.

유신운의 전음이 울려 퍼졌다.

그 순간 태일의 눈빛이 달라졌다.

놀라울 따름이다. 유신운의 한마디에 마음속의 혼란이 싹 사라져 버리니 말이다.

스아아! 스으!

심마를 떨쳐 버린 태일이 자신의 검으로 태극의 궤적을 그리기 시작했다.

'뭐, 뭐야 이건?'

검로를 펼치던 위무영이 갑자기 폭발하듯 쏟아지기 시작한 태일의 기세에 당황을 금치 못하고 있었다.

그리고 다음 순간.

하늘을 수놓았던 수많은 매화가 태극에 휩싸여 흔적도 없이 사라졌다.

시간은 빠르게 흘러 드디어 장로들이 출전하는 대장전이 개최되는 날이 다가와 있었다.

함께 치러지는 마지막 부비무의 최종전에는 속출한 부상자와 기권자로 인해 단 여덟 명만이 남아 있었다.

그리고 그중 과반수에 해당하는 다섯 명이 무림맹 측의 무사들이었다.

"최종전까지 남은 다섯이 모두 내찰당원들일 줄은 몰랐군."

"운이 좋았을 따름입니다."

불쑥 자신에게 말을 거는 모용명에게 유신운이 자연스럽

게 대답했다.

유신운, 연천악, 모용명 세 사람이 대기실에서 함께 대장전에 나갈 준비를 하고 있었다.

유신운이 가볍게 대답하자 모용명은 말을 이어 나갔다.

"운이 좋았다는 것으로 치부하기에는 유 당주의 교관으로서의 재능이 굉장한 활약을 한 것 같군. 하마터면 낭패를 볼뻔했는데 맹이 큰 빚을 지었어."

모용명이 대책 없는 딸바보이기는 하지만 공사는 구분할줄 알았다. 그는 부비무에서 커다란 성과를 낸 유신운을 매우 높게 평가하고 있었다.

게다가 모용미 또한 최후의 팔 인에 속해 있었다.

그때 모용명이 침묵을 지키고 있는 연천악을 바라보며 말했다.

"대공자, 그래서 하는 말인데 대공자만 허한다면 유 당주에게 혜택을 하나 주고 싶소만."

'……혜택?'

유신운이 고개를 갸웃했다.

잠시 후, 대기실을 나선 무림맹과 사파련의 출전자들은 본비무가 펼쳐지는 비무장 앞에 서 있었다.

곧이어 그들이 제출한 출전 순서가 심판들에게 배부되었다.

무림맹 측이 제출한 순서를 보고 실수가 아닌지 다시 한번 확인한 심판은 곧이어 커다랗게 사자후를 터뜨렸다.

"선봉전! 내찰당주 유신운 대 귀살대주 상검명이오!"

심판의 외침에 관중석이 들썩이기 시작했다.

"뭐야, 선봉이 백운신룡이야?"

"흠! 승자가 계속해서 싸우는 특성상, 첫 비무는 웬만하면 이기는 편이 좋을 텐데."

"뭐, 버릴 패는 빨리 버리자는 것 아니겠나."

앞서 대기실에서 모용명이 말한 혜택이란 다름 아닌 유신운에게 원하는 출전 순서를 택하게 해 주는 것이었다.

모용명은 유신운의 출전이 화산파 파벌의 농간이라고 생각하고 있었다.

비무전에 나가면 유신운이 사파련의 패주들에게 큰 부상을 입으리라 생각하고, 마지막 주자로 나갈 기회를 주고자 한 것이었다.

자신과 연천악이 적들을 모두 쓰러뜨린다면 유신운의 차례는 오지 않을 테니까 말이다.

대공자는 잠시 고민을 하다가 이내 허락을 하였다.

하지만 이어진 유신운의 선택은 그의 예상과 전혀 달랐다.

그는 다름 아닌 선봉전을 원한 것이다.

─……선봉을 원하는군? 흠, 알겠네. 자네의 선택이니 잘

하고 오게나. 나도 준비를 하고 있겠네.

─그럴 필요 없을 겁니다.

─으응?

─가주님까지 차례가 안 올 테니까요.

'웃기는 녀석이야.'

모용명은 그와 나눴던 마지막 말이 떠올리며 피식 웃었다.

그는 비무대에 오르는 유신운의 뒷모습을 빤히 지켜보았다.

유신운이 가볍게 몸을 풀고 있던 찰나, 상대가 비릿한 웃음을 지으며 말을 건네 왔다.

"네놈이 내 선봉인가? 뭐, 손풀이 상대로는 나쁘지 않겠군."

통천방의 소방주이자, 황룡위와 비견되는 사파련의 공격대인 귀살대의 대주인 상검명이었다.

연천악과 항상 비교 대상이 되는 존재였다.

화경의 경지에 이른 연천악과 달리 아직 초절정 최상급에 머무르고 있기에, 항상 평가절하 당하기는 했지만 말이다.

"비무를 시작하겠습니다!"

심판의 말이 떨어짐과 동시에 상검명이 자신의 검을 빼 들었다. 그리고 자신만만한 기세로 검에 기운을 집중하기 시작했다.

우우웅! 좌아아!

그와 동시에 상검명의 검에서 선명한 강기가 피어오르기 시작했다. 어느새 상검명 또한 화경의 경지에 오른 것이었다.

"오오!"

"저건"

마치 짜기라도 한 것처럼 관중석에 자리한 이들 중 몇몇이 커다랗게 소리치며 반응을 유도하고 있었다.

미리 상검명이 심어 놓은 수하들이었다.

한데 무슨 이유에선가 유신운은 돌덩이가 된 것처럼 아무런 반응조차 않고 석상처럼 가만히 굳어 있었다.

그 모습을 보며 상검명이 입꼬리를 말아 올렸다.

'후후, 움직일 기력조차 없겠지.'

그가 자신만만한 이유가 있었다.

이 순간 비무대의 지하에 마련된 비밀 공간에서 혈교의 술사들이 의식을 전개하고 있었다.

백운표국에 잠입했던 부주교가 남긴 저주의 의식을 더욱 발전시킨 것이라 했던가.

자신에게는 강대한 힘을 주는 기운이, 상대에게는 힘을 빼앗는 죽음의 기운이 비무대에 쏟아지고 있던 것이다.

저놈은 영문도 모른 채 지금 숨 쉬기조차 힘든 압박감을 느끼고 있으리라.

'후후, 분명히 아버님이 죽여도 된다고 했겠다.'

파바밧!

상검명이 얼굴에 비웃음을 띠우고는 전광석화처럼 튀어 나갔다. 그대로 유신운의 가슴을 베어 버리려 했다.

한데 그때였다.

콰아아! 파아앙!

'어라?'

귀를 때리는 거대한 폭음이 터져 나왔다.

동시에 비무대에 거센 폭풍이 휘몰아쳤다.

사람들이 깜짝 놀라 눈을 감았다가 떴다.

"……!"

거대한 비무장에 싸늘한 침묵만이 감돌았다.

상검명이 턱이 박살이 난 채 외벽에 처박혀 있던 것이다.

"……끄윽!"

숨이 넘어가는 신음밖에는 내지 못하는 상검명의 동공은 흰자만이 남아 있었다.

그때 유신운이 선명한 권강이 아른거리는 손을 탁탁 털며 말을 꺼냈다.

"다음."

❦

심판은 너무도 빠르게 난 결과에 당혹감을 숨기지 못하고 있었다. 파리가 들어가도 모를 정도로 입을 쩍 벌리고 있는 그의 모습이 심정을 말해 주고 있었다.

"언제까지 지켜만 보고 있을 거지?"

"아!"

그때 유신운이 말을 꺼내자 심판은 그제야 정신을 차렸다.

"유, 유신운 승!"

심판이 뒤늦게 유신운의 승리를 선언했다.

결과 발표가 이어지자 뒤에서 지켜보던 통천방의 무사들
이 부리나케 뛰어나왔다.

"의료반은 뭐 해! 얼른 대공자를 모셔라!"

계속해서 몸을 흔드는데도 정신을 차리지 못하는 상검명
의 위급한 상태에 놀란 무사들이 커다랗게 소리를 쳤다.

결국, 들것에 실려 나가는 상검명의 모습이 만천하에 공개
되었고.

"와아아아!"

그제야 정파 측의 관객석에서 비무장이 뒤흔들릴 정도의
거대한 함성이 터져 나왔다.

"백운신룡이 통천방의 소방주를 잡았다!"

"가뿐하게 1승이다!"

"어이어이, 믿고 있었다고!"

"이게 네놈들과 우리의 수준 차이다, 이 사파 잡놈들아!"

정파인들은 마치 자신이 이긴 것처럼 한껏 어깨를 피고는
목소리를 드높였다.

반면에 사파 측의 분위기는 초상집이나 마찬가지였다.

사람들은 창피함에 얼굴을 들지 못하고 있었다. 너무도 처참한 결과에 얼굴이 화끈거릴 지경이었다.

눈 깜짝할 사이에 전투가 끝났기에 상검명은 제대로 보여 준 것조차 없었다.

"아니, 저게 말이 돼? 한 방에 나가떨어진다고?"

"당연히 말이 안 되지! 저런 놈이 화경은 무슨!"

"그래, 분명히 겁을 주려고 속임수로 외형만 검강을 만든 것이 분명해!"

"쯔쯔, 그따위 얕은 수를 쓰다니. 통천방의 미래가 어둡구나, 어두워."

"빌어먹을! 정파 놈들 기세등등해진 것 보소."

시간이 지나며 그들의 창피함은 상검명에 대한 분노로 바뀌고 있었다.

"우우우!"

상검명을 향해 야유가 쏟아지기 시작했다.

어떤 관객들은 비무장을 향해 물건을 집어던지기까지 했다.

"모, 모두 진정하십시오."

심판과 사파련의 무사들이 격앙된 사파 측 관객들을 진정시키기 시작했다.

하지만 그들은 멈추지 않았고, 결국 그들의 격한 반응에 잠시 비무가 중단되었다.

하나 이런 혼란한 상황을 만든 장본인인 유신운은 정작 아무런 표정의 변화도 없었다. 일 권에 화경급의 무인을 박살 냈음에도, 별일 아니라는 듯한 태도였다.

그는 무심하게 자신의 주먹만 쥐었다 폈다를 반복하고 있었다.

'쩝, 온몸에 힘이 넘쳐도 너무 넘치는군. 아무래도 힘 조절을 좀 해야겠어.'

지하에 있는 것으로 추정되는 미상의 진법이 자신에게 기운을 쏟아부어 주고 있었다.

그래서 가볍게 뻗은 일 권에도 엄청난 기운이 담겼다.

그런 찰나, 유신운의 눈앞에 몇 줄의 시스템 메시지가 떠올랐다.

[진법 파훼가 완료되었습니다. 미상의 진법 '??'의 정체를 확인합니다.]

[축하합니다. 최초로 진법, '극음충원진(極陰充元陳)'을 발견하였습니다.]

[재구축 가능 목록에 진법, '극음충원진'이 추가되었습니다.]

'호오, 극음충원진이라.'

아무래도 음기충원진을 발전시킨 진법인 것 같았다.

음기충원진의 것과는 비교할 수 없는 정도로 높은 상질의 음의 마나가 막대한 양으로 쏟아졌었다. 5서클에서 한동안 정체되어 있던 마나 하트가 격동할 정도로.

생각지 않은 의외의 소득에 유신운이 작게 미소 짓던 그때였다.

"크윽!"

'으응?'

느닷없이 유신운의 뒤편에서 갑자기 누군가의 작은 신음 소리가 들려왔다. 고개를 돌리자 대공자 연천악이 자신의 가슴을 움켜쥐고 있었다.

곁에 있던 모용명이 누가 볼까 빠르게 그런 그를 데리고 통로 안쪽으로 몸을 날렸다.

'설마!'

그 모습을 바라보던 유신운의 눈이 가느다랗게 떠졌다.

주변을 살피자 사파 관객 측의 소동으로 다행히 아무도 보지 못한 것 같았다.

유신운 또한 통로 쪽으로 이동했다.

도착하자 모용명이 바닥에 주저앉은 대공자를 살피고 있었다.

"왜 그러는가. 혹시 몸이 불편한 겐가?"

"……아닙니다. 잠시 쉬면 됩니다."

대공자는 이를 악물며 대답했지만, 그의 안색은 이미 핏기 하나 없이 하얗게 질려 있었다.

그러던 그때였다.

덥석.

유신운이 갑자기 대뜸 연천악의 손목을 붙잡았다.

"자네, 이게 무슨-!"

그에 모용명이 깜짝 놀라 유신운을 말렸다.

연천악 또한 다급히 손을 뿌리치려 했지만, 유신운은 손에 힘을 풀지 않았다.

스으.

그때 유신운이 동화선기를 일으켜 연천악에게로 보냈다.

"……!"

동화선기가 연천악의 기맥을 파고들기 시작하자, 연천악의 혈색이 빠르게 정상으로 돌아오기 시작했다.

그렇게 몸의 불편함이 순식간에 사라지자.

"……어떻게?"

연천악은 화등잔처럼 커진 눈동자로 유신운을 바라보고 있었다.

모용명 또한 갑작스레 유신운의 몸에서 풍겨난 청명한 선기에 화들짝 놀란 상태였다.

이 상황에서 침착한 것은 오로지 유신운뿐이었다.

'역시.'

자신의 예측과 같았다.

연천악의 몸 상태는 죽어 가던 과거의 자신과 똑같았다.

그 말인즉 연천악 또한 혈교 측의 저주에 중독되어 살아 있어도 산 것이 아니라는 뜻이었다.

비무장의 지하에서 펼쳐진 진법의 기운이 강대해지자, 몸속에 있던 저주의 기운이 폭주하기 시작하여 고통을 느낀 것이었다.

검황의 대제자가 혈교의 저주에 중독되어 있다니.

유신운의 머리가 빠르게 돌아가기 시작했다. 수많은 추측들이 유신운의 머릿속에 떠올랐다.

"2차전을 시작하겠습니다! 양측은 선수는 모두 비무장으로 올라와 주십시오!"

그때 유신운을 부르는 심판의 목소리가 들려왔다.

유신운은 그제야 연천악의 손목을 놓고 몸을 돌려 곧장 비무장으로 향했다. 그러면서 모용명 몰래 연천악에게 전음을 보냈다.

-저주입니까?

-⋯⋯자네는 누군가.

대답은 뒤늦게 들려왔다.

-아무래도 우리는 긴히 나누어야 할 이야기가 있겠군요.

하지만 유신운은 지진이라도 난 듯이 흔들리는 연천악의 눈빛을 뒤로하고, 비무장에 다시금 올라섰다.

그의 눈앞에 황금색으로 '용'자가 적힌 붉은 두건을 두른 중년인이 서 있었다.

두 번째 상대인 용검문주 등천용왕(登天龍王) 관준(關俊)이었다.

상검명과 마찬가지로 화경 초급이기는 하나, 화경에 오른 지 이미 수년의 시간이 지난 경험이 충만한 사파의 고수였다.

관준은 오만하기 그지없었던 상검명과 달리 유신운과 눈이 마주치자, 선배임에도 먼저 포권을 하며 인사했다.

"잘 부탁하네."

"한 수 배우겠습니다."

그에 유신운 또한 함께 예의 있게 대답해 주었다.

용검문은 정파와의 화합을 바라는 사파련의 온건파를 이끄는 수장이었다.

이전과 사뭇 다른 두 사람의 모습에 격앙되었던 양측 관객들의 분위기 또한 조금 잠잠해졌다.

"비무를 시작하겠습니다!"

채채챙! 채챙!

심판의 소리침과 동시에 두 사람이 각자의 무기를 뽑아 들었다. 유신운이 한 발을 뒤로 빼며 익숙한 동작으로 칼날을 높이 세우자, 관준의 눈이 작게 흔들렸다.

'권사가 아니었나?'

상검명을 권강으로 한 번에 날려 버리는 것을 보며 당연히 권사라고 생각했는데, 보아하니 도객인 것이다.

본신의 힘을 숨기고도 그만큼의 위력을 발휘할 수 있다니.

'……예나 지금이나 백도의 잠룡은 역시나 무시할 수가 없군.'

지금과 같았던 담천군의 등장을 떠올린 그는 입속에 드는 씁쓸함을 숨길 수 없었다.

하지만 그것도 잠시뿐, 그는 검을 움켜쥔 손에 기운을 불어넣었다.

'하나 쉽게 이길 수는 없을 것이다.'

"하앗!"

쩌렁쩌렁한 포효와 함께 관준이 유신운에게 전광석화처럼 달려들었다. 관준의 전신을 감싼 내기가 마치 회오리바람처럼 휘몰아치고 있었다.

용검문의 절기, 풍룡신공이 대성하면 발휘되는 모습이었다.

쐐애액! 쐐액!

폭풍에 휩싸인 관준이 일보를 움직일 때마다, 바람이 찢어지는 듯한 파공성이 울려 퍼졌다.

그때 유신운 또한 몸을 날렸다.

파즈즈! 우르르!

그러자 이번에는 벼락이 내리치는 것 같은 뇌명이 터져 나왔다. 그의 전신을 휘감은 뇌기가 불꽃을 일으키고 있었다.

유신운의 신법인 비뢰신이 8성의 영역을 넘어서며 생긴 조화였다.

두 무인의 극쾌의 싸움에 평범한 관객들은 그들의 움직임을 눈으로 좇지 못했다.

콰가가! 콰아앙!

그저 허공에서 검과 도가 맞부딪치며 생겨나는 굉음에 두 귀를 막을 뿐이었다.

벌써 수십 합을 나누는 것을 보고 있는 무림맹과 사파련의 장로들은 경악을 금치 못하고 있었다.

'아니, 내찰당주가 저 정도로 강했던 건가?'

'이립(而立 : 30살)조차 되지 않은 것 같거늘. 어찌 저런 고강한 무공을 지녔단 말인가!'

양측의 장로들은 세간에 떠도는 백운신룡의 소문을 모두 헛소문으로 치부하고 있었다.

하나, 오늘 유신운의 진면모에 대해 제대로 알게 되었다.

'빈틈이다!'

그러던 그때, 아직 단 하나의 공격도 성공하지 못하고 절망하던 관준이 드디어 유신운의 틈을 발견하고 눈을 빛냈다.

콰아아아! 스아아!

순간, 그의 검 끝에서 수십 개의 검풍이 일어나기 시작했다.

단순한 검풍이 아니었다. 하나하나가 모두 검강으로 이루어져 극강의 파괴력을 내재하고 있었다.

"타앗!"

그가 횡으로 검을 긋자 검풍이 굉음을 터뜨리며 한꺼번에 유신운에게로 쏟아졌다.

천풍맹룡검(千風猛龍劍)의 절초, 굉풍참파였다.

쿠가가가! 콰아아!

허공을 뒤덮은 자신의 검풍들을 보며 관준은 자신의 승리를 직감했다.

하지만.

"……!"

그때 마주친 유신운의 얼굴에 떠오른 미소를 보는 순간, 그는 무언가 잘못되었음을 깨달았다.

파아앗! 파아!

그 순간, 유신운의 전신이 황홀한 백색으로 물들었다.

하늘의 태양과 같이 눈이 멀 것 같은 빛을 뿜어내고 있었다.

흡사 뇌신의 형상이 된 유신운이 자신을 향해 아가리를 벌리고 있는 수십 개의 검풍 속으로 그대로 몸을 날렸다.

그리고 강대한 뇌기가 감싸고 있는 자신의 도를 그대로 휘둘렀다.

콰르르르르! 콰가가강!

뇌운십이검 신운류.

혼합기.

천뢰융파 + 뢰광류하

뢰광융파(雷光隆波).

유신운은 뇌운십이검의 초반 삼초와 중반 오초를 하나로 융합해 새로운 초식을 만들어 내었다.

귀청이 떨어질 것만 같은 뇌성벽력과 함께 단 한 번 휘둘렀음에도 수십, 수백의 참격이 쏟아졌다.

수십 개의 검풍이 미쳐 날뛰는 뇌강에 갈기갈기 찢어발겨졌다.

'……마, 말도 안 돼.'

흔적도 없이 사라지는 자신의 검풍을 보며, 관준은 망연자실했다.

하지만 잔인하게도 뇌강의 돌진은 멈추지 않았다.

검풍을 먹어 치운 뢰광융파가 관준마저 그대로 강타하였다.

콰아아아아! 꽈아아앙!

지축이 흔들리는 거대한 굉음이 터져 나왔다.

강대한 빛줄기가 비무장을 뒤덮자, 관객들이 모두 자신의 눈을 가렸다.

이어 그들은 힘겹게 눈을 끔뻑이며 비무장을 다시 바라보았다.

비무장 위에는 처음 시작했을 때와 마찬가지로 두 사람이 서 있었다. 놀랍게도 두 사람은 모두 외견이 멀쩡해 보였다.

하지만 그것은 단순히 그들의 착각일 뿐이었다.

"……체면을 살려……주어, 고맙네."

그때, 관준이 툭툭 끊어지는 목소리로 유신운에게 말을 꺼냈다.

유신운은 말없이 고개를 끄덕여 보였다.

쨍그랑.

관준의 검이 바닥을 뒹굴며 소리를 내었고.

쿵!

그의 몸이 바닥으로 힘없이 무너져 내렸다.

꧁

싸움이 끝나고, 다시금 잠시간의 휴식 시간이 주어졌다.

'이게 대체 무슨 일이란 말인가!'

마지막 세번째 주자인 수라보주 암천수라(暗天修羅) 등준후 (藤遵后)는 표정에 당혹감을 숨길 수 없었다.

관객들과 달리 화경 중급에 도달한 그는 비무를 치르는 두 사람의 움직임을 하나부터 끝까지 모두 지켜보았다.

결론부터 말하자면 유신운의 압도적인 승리였다.

관준은 최선을 다해 본신의 모든 무공을 사용하였지만, 관록 있는 경험조차도 상대에게 아무런 타격도 주지 못했다.

'……나조차도 관준을 이리 쉽게 제압할 수는 없거늘.'

상대는 최소한 자신과 같은 화경 중급의 무위를 지니고 있는 듯했다.

그것이 아니라면 이 결과는 말이 되지를 않았다.

당최 믿을 수가 없었다.

저리 새파랗게 젊은 나이에 자신과 같은 화경 중급에 올랐다니!

말이나 되는 일인가.

'빌어먹을! 모용명과 연천악은 쉽게 제압할 수 있거늘. 이렇게 생각지도 않은 복병이 나타나다니.'

그가 초조함에 엄지손톱을 이로 뜯었다.

그때 뒤편에서 누군가 그를 불렀다.

"련주님이 부르십니다."

등준후는 올 것이 왔다는 표정을 지었다.

깊은 한숨을 내쉰 그는 흡사 도살장에 끌려가는 소의 모습으로 사파련주 북리겸이 자리하고 있는 장소로 향했다.

"련주님을 뵈옵니다."

처척.

등준후는 북리겸을 보자마자, 바로 한쪽 무릎을 땅에 꿇으며 고개를 숙였다.

얼굴을 들고 있지 않았지만, 통천방주 북리겸이 그를 빤히 내려다보고 있음이 느껴졌다.

전신을 짓누르는 천근의 무게 같은 엄청난 압박감과 중압감이 그에게 쏟아졌기 때문이다.

그때 북리겸이 닫혀 있던 입을 열었다.

"네놈들은 나에게 실망만을 주는군."

북리겸의 한마디에 등준후는 죽음의 공포를 느꼈다. 등줄기로 식은땀이 줄줄 흘렀다.

맹주라 할지라도 장로와 원로회의 견제와 균형으로 인해 절대적인 권력이 없는 무림맹과 달리 사파련은 련주가 무소불위의 힘을 지니고 있었다.

게다가 등준후는 더욱이 그의 명령을 거역할 수 없는 관계로 엮여 있었다.

등준후가 분노와 살기로 범벅이 된 북리겸의 기운을 힘겹게 버티며 그에게 급히 전음을 보냈다.

-령주님. 너무 심려하지 마십시오. 제가 3명을 모두 제압하겠나이다.

그랬다. 암천수라 등준후 또한 혈교의 일원이었던 것이다.

등준후의 말에 북리겸이 폭사하던 자신의 기운을 거둬들였다.

"허억, 헉."

그제야 등준후가 호흡을 가다듬으며 혈색이 돌아왔다.

그때 북리겸이 옆에 선 호위 무사를 향해 손짓했다.

그러자 호위 무사가 걸어 나오더니 무언가를 등준후에게 건넸다.

　얼떨결에 물건을 건네받은 등준후는 손을 내려다보았다.

　붉은빛이 도는 작은 단환이 하나 놓여 있었다.

　'설마…….'

　그의 표정에 불안한 기색이 떠올랐다.

　─령주님. 이것은……?

　침음을 흘리던 등준후가 단환이 무엇인지 물었다.

　─증혈환(增血丸)이다. 먹고 싸워라.

　등준후의 예상이 맞았다.

　혈교의 비약 중 하나인 증혈환이었다.

　섭취자의 기운을 강제로 펄펄 끓게 만들어 두 시진 동안 도달한 무위를 한참 뛰어넘는 힘을 발휘하게 해 주지만, 대신 그 여파로 달포간은 요양을 해야 하는 엄청난 반작용을 지니고 있는 물건이었다.

　결코 먹고 싶지 않았다.

　하지만 등준후에겐 선택권이 없었다. 그는 눈을 꾹 감고 건네받은 증혈환을 목구멍으로 삼켰다.

　화아아! 화악!

　그 순간 등준후의 피가 끓기 시작하며 강대한 기운이 몸속에서 폭발하였다.

[스킬, '음의 마나 하트'의 랭크가 SSS-가 되었습니다]

['음의 마나 하트'에 쌓인 음의 마나가 6서클에 도달하였습니다.]

[스킬, '레이즈, 데스 나이트'의 봉인이 해제되었습니다.]

[스킬, '스트롬 오브 팬텀'의 봉인이 해제되었습니다.]

[스킬, '필멸의 징벌'의 봉인이 해제되었습니다.]

[스킬, '아이언 메이든'의 봉인이 해제되었습니다.]

눈앞에 떠오른 시스템 메시지들의 향연에 유신운은 쾌재를 부르고 있었다.

극음충원진의 기운을 끊임없이 흡수한 덕에 지지부진하던 음의 마나 하트가 드디어 한 단계 진화하였던 것이다.

'좋아, 드디어 6서클에 올랐군!'

등급이 SSS-까지 회복을 한 상태였다. 전생의 경지가 정말 머지않아 있었다.

그때 얼굴에 환한 미소를 띠운 모용명이 그의 곁으로 다가왔다.

"으하하! 참으로 속이 다 후련하군. 사파 놈들이 저리 비맞은 생쥐 꼴로 기죽어 있다니. 장하군, 장해. 자네는 정말 어찌 그런 무위를 지금까지 숨기고 있었나."

이유를 알 수 없는 경계를 했던 모용명은 완전히 태도가 달라져 있었다.

그도 어쩔 수 없는 무인이었다. 유신운의 호쾌한 무위를 목도하자 가슴 깊은 곳에서 무언가가 끓어올랐던 것이다.

그렇게 180도 달라진 그의 모습에 유신운은 피식 웃음을 지으며 말했다.

"말했지 않습니까. 가주님까지 차례가 가지 않을 거라고요."

"끌끌, 그래. 어서 사실로 만들어 주게. 늙은이의 귀찮음을 덜게 해 준 선물은 내 제대로 줄 터이니."

모용명의 말이 끝나기가 무섭게 심판이 마지막 경기를 알리며 그를 찾았다. 다시금 비무장을 향해 걸어가는 유신운의 시선이 한 곳을 향했다.

이세천과 적양자 두 사람이 귓속말을 속삭이는 모습이 보였다.

그런데 왜일까?

'또 무슨 흉계를 꾸미는 거냐.'

무언가 알 수 없는 한 줄기의 불안이 유신운의 마음속에서 스멀스멀 피어올랐다.

'비무도 이것으로 이제 끝이고. 언소소에게 신투도 제대로 붙여 놓았다. 쓸데없는 기우다. 싸움에만 집중하자.'

뒤숭숭한 마음을 애써 다스린 유신운은 비무장에 올라 다음 상대를 바라보았다.

순간, 유신운의 눈에 이채가 떠올랐다.

등준후의 살기등등한 눈빛에는 광기마저 감돌고 있었다.

"크르!"

등준후의 입에서 짐승의 그것과 같은 울음소리가 흘러나오고 있었다.

'뭐야, 도핑을 시킨 건가?'

등준후의 상태를 본 유신운은 그가 무슨 상태인지 단번에 확인했다.

화경의 중급을 넘어서는 꽤나 강대한 기운이 흘러넘치고 있었다.

하지만 그 무위조차도 당연히 유신운에게는 가소로울 따름이었다.

'그럼 나도 질 수 없지.'

후아아! 파아!

다음 순간 유신운의 몸에서 폭발적인 기운이 흘러넘치기 시작했다. 이제 어느새 SS+등급까지 숙련도가 상승한 선의 술의 공력 증강을 사용한 것이다.

비무는 아직 시작하지 않았지만, 이미 두 사람의 싸움은 시작되었다. 두 사람이 끓어 올린 기운들이 거세게 격돌하고 있었다.

무공이 없는 관객들조차 둘 사이의 허공이 뒤틀리는 것을 보며 탄성을 내질렀다.

채챙! 스르릉!

그때 등준후가 등에 메고 있던 창을 꺼내 들며 기수식을 취하였다.

수라보의 성명절기는 창술이었다.

그 모습을 지켜보던 유신운이 비무장 옆에 놓여 있던 무기대로 다가갔다.

심판과 관객들이 의아해하던 찰나.

유신운은 느닷없이 무기대에 놓여 있던 무기 중 봉을 들고 비무대로 다시 올라왔다.

"봉?"

"내찰당주가 봉술도 사용할 수 있었나?"

"권, 검에 이어 봉까지?"

"미친놈이 선을 제대로 넘는구나!"

정파인들은 어안이 벙벙해하고 있었고, 사파인들은 자신들을 무시하는 처사라고 생각하고 얼굴을 붉히고 있었다.

하지만 그들이 그러거나 말거나, 유신운은 한 발을 뒤로 쭉 빼고 몸을 낮게 낮추며 전투태세를 갖출 뿐이었다.

"마지막 삼 차전을 시작하겠습니다!"

그러던 그때 마냥 지켜볼 수 없었던 심판이 급하게 경기를 시작하였다.

"크아아아!"

콰직! 콰가가!

등준후가 진각을 박차며 유신운에게 돌진했다. 그가 힘을 준 비무대의 바닥이 박살이 나 있었다.

피를 연상케 하는 진홍빛의 기운이 그의 전신에서 흘러 넘쳤다. 수라라는 그의 별호처럼 흡사 귀신과 같은 형상이었다.

어느새 유신운의 일보 앞에 당도한 그가 선명한 붉은빛의 강기가 피어오른 자신의 창을 찔러 넣었다.

쐐애액! 쐐액!

바람이 비명을 지르며 그의 성명절기인 멸절수라창이 유신운에게 폭우처럼 쏟아졌다.

멸절수라창은 창술의 기본인 란나찰 중 찰(□ : 찌르기)의 극한에 다다른 창술이었다.

유신운의 몸에 바람구멍을 낼 기세로 찰나의 순간에 수십, 수백의 찌르기가 연속해서 유신운에게 행해졌지만.

'느려.'

유신운은 한쪽 입가를 말아 올리며 그를 비웃었다.

부우웅! 부웅!

그와 동시에 양손으로 봉을 회전시키기 시작했다.

봉이 엄청난 속도로 회전하며 폭풍이 일어남과 동시에.

파즈즈! 파즈!

뇌기 또한 함께 휘몰아치고 있었다.

뇌운십이검 봉식(棒式).

변초.

풍뢰벽(風雷壁).

　방어식인 견뢰벽을 봉식으로 변환하여, 풍기와 뇌기가 합쳐진 새로운 방벽을 만들어 버렸다.

　터텅! 티티팅!

　멸절수라창이 유신운이 만들어 낸 방패를 뚫기 위해 수없이 많이 돌진했다.

　하지만 수없이 많은 시도에도 모든 초식이 실패로 돌아갔다.

　등준후는 당황한 기색을 숨기지 못했지만, 금세 이성을 되찾았다.

　'오냐! 내공으로 무릎 꿇려 주마!'

　그는 수십 번 이어 가던 찌르기를 멈추고 일점돌파를 택했다. 내공 대결로 방어식을 뚫기로 결정한 것이다.

　증혈환으로 본신의 내공이 끝을 모르고 쏟아지고 있었다.

　무위가 대단하다고는 하나, 상대는 자신보다 한참 어린놈이었다. 지난 세월 동안 쌓인 내공의 총량은 자신이 훨씬 많을 터였다.

　'자, 선택해라! 방어식을 풀든지! 나의 내공에 잠식되어 기혈이 파괴되어 죽든지 말이다!'

그극! 그그극!

수라창이 풍뢰벽과 맞닿으며 충격파를 사방에 흩뿌리기 시작했다. 내공 대결이 시작되었다.

유신운은 방어식을 풀지 않았다. 정면으로 맞붙었다.

"아아!"

"이런!"

상황을 지켜보던 정파 측의 인사들이 탄식을 내뱉었다. 유신운이 어린 치기에 최악의 선택을 했다고 생각한 것이었다.

하지만 얼마 지나지 않아.

'아니, 이게 무슨?'

'마, 말도 안 돼!'

그들 모두는 자신이 완전히 잘못 짚었다는 사실을 깨달았다.

끼이익! 끼기긱!

등준후의 수라창이 소름 끼치는 소리를 만듦과 동시에 창날의 끝이 휘어지고 있었다.

내공 대결에서 밀리고 있다는 증표였다.

'이, 이건 말도 안 돼!'

경악하는 등준후를 보며 유신운은 어이가 없어 하고 있었다.

'지금 나한테 내공 대결을 제안한 건가? 정말 귀엽군.'

등준후가 내공 대결로 그를 이길 수 있을 리 없었다.

현재 혈교가 발동시킨 극음충원진으로 인해 유신운은 기운이 넘쳐나고 있었다.

한데 그것뿐만이 아니었다.

['증혈환'의 효과로 인해 일시적으로 내공량이 증가합니다.]

[숨겨진 시너지 효과를 발견하였습니다!]

[스킬, '공력 증강'이 '증혈환'의 효과와 합쳐져 시너지 효과를 발휘합니다.]

[본신의 내공량이 대폭 증가합니다.]

놀랍게도 유신운 또한 증혈환의 효과를 만끽하고 있었다.

'진광라흡원진공이 정말 개꿀이군.'

진광라흡원진공으로 상대방의 기운을 흡수하면서 유신운 또한 그 효과를 볼 수 있었던 것이다.

게다가 유신운은 선의술 스킬 중 해로운 효과를 제거하는 역순화를 사용하여 부작용은 없애고 장점만을 흡수하고 있었다.

끼긱!

쨍강!

"크악!"

등준후가 비명을 지르며 뒤로 물러났다.

결국 그의 창끝이 반 토막으로 쪼개져 버렸다.

'이게 대체 무슨 일이지?'

반으로 쪼개진 자신의 창날을 바라보는 등준후는 이것이 꿈인가 하며 쓴 현실을 당최 받아들이지 못하고 있었다.

하지만 곧이어 유신운의 방어식이 아직도 굳건히 유지되고 있는 것을 확인하고는 그제야 제정신이 돌아왔다.

'……저놈은 대체 뭐란 말인가.'

자신이 내공 대결에서 완벽하게 패했다는 것을 깨달은 그는 새삼 눈앞의 유신운이라는 존재에 대해 의문이 샘솟았다.

비무를 시작하기 전까지만 하더라도, 건방진 애송이로 치부되었던 유신운은 지금 그에게 전설 속의 괴물처럼 보이고 있었다.

한데 그럴 만도 했다.

무공이란 본래 하나만 깊이 파고들어도 대성하기가 힘들었다.

그렇기에 처음 무공을 배우기 시작할 때, 한 종류의 무기만을 택하고 평생을 그 무공만을 익혀 나가는 것이 아니던가.

한데 유신운은 지금 권, 검, 봉에 이르기까지 무려 세 종류의 무공을 자유자재로 발휘하고 있었다.

마치 그 옛날 고려에서 넘어와 강북 무림을 평정하고 사라졌던 장백파(長白派)의 삼절무존(三絶武尊)의 재림을 보는 것만 같았다.

어느새 등준후의 안색이 까맣게 죽어 있었다.

그러나 절망하고 있는 것은 그뿐만이 아니었다.

"이건, 이건 말도 안 돼."

"……정말 이러다가 한 판도 못 이기고 져 버리겠어."

"아아, 정녕 하늘은 사파를 버렸는가."

비무를 지켜보는 사파인들의 표정 또한 함께 나락에 빠져 있었다.

비무대를 나뒹굴고 있는 쪼개진 창날이 마치 유신운에게 박살이 난 그들의 자존심을 보는 것만 같았다.

그러던 그때였다.

슈아아.

처척.

방어식을 펼치고 있던 유신운이 돌연 봉의 회전을 멈췄다.

'뭐지?'

등준후와 사파인들이 고개를 갸웃하던 찰나.

까딱까딱.

"……!"

유신운이 등준후에게 손을 까딱거렸다.

방어식을 풀어 줄 테니 마음껏 들어와 보라는 도발이었다.

'이 개자식이!'

등준후의 눈에 흉흉한 살기가 가득 차올랐다.

"놈!"

다음 순간, 그가 창을 꼬나 쥔 채 유신운에게로 돌격해 들어갔다.

어찌나 창을 세게 움켜쥐었던지 피가 배어 나오고 있었다.

반면 유신운은 표정과 행동 모두 여유가 넘쳐 나고 있었다.

[선의술, '해악진단'이 발휘됩니다.]

['증혈환'의 해악을 진단합니다.]

['증혈환'의 진단이 완료되었습니다.]

['증혈환'의 제조법을 획득하였습니다.]

'내공을 격발시키는 단환이라. 치명적인 단점만 조금 보완하면 충분히 쓸 만하겠어.'

창날이 쇄도하고 있음에도 유신운은 시스템 메시지를 마저 읽어 볼 정도였다.

"죽엇!"

쐐애액! 쐐액!

당문혈, 제문혈. 등준후는 이제는 대놓고 유신운의 사혈을 노리고 있었다.

이미 두 사람의 싸움은 비무가 아닌 생사 대전이 되어 있었다.

"이게 무슨 짓이오! 당장 비무를 멈추시오!"

모용명을 비롯한 깜짝 놀란 정파의 장로들이 목소리를 높였지만, 심판은 대결을 멈추지 않았다.

그 또한 이미 사파련에 매수되어 있는 상태였기 때문이다.

순간, 등준후가 소나기처럼 쏟아 내던 찌르기를 멈추고 제자리에서 몸을 낮추며 자세를 취했다.

오른발을 뒤로 뻗으며 창을 마치 던지기라도 할 것 같은 독특한 모습으로 쥐고 있었다.

우우웅! 우웅!

그가 기운을 끌어 올리자 강기가 시끄러운 공명음을 만들기 시작했다.

'이것으로 끝장을 내 주마!'

뒷일은 생각지 않고 최대치 이상의 기운을 끌어 올린 등준후의 창날에는 이전의 것보다 배는 거대한 강기가 형성되어 있었다.

"수라흑잠포(修羅黑潛砲)!"

그리고 등준후가 외침과 동시에 창을 앞으로 뻗었다.

콰가가!

콰아아!

거대한 파공성과 함께 창날 위에서 타오르고 있던 붉은 강기가 마치 포탄처럼 유신운에게 날아들었다.

피에 굶주린 짐승처럼 자신을 덮치는 수라흑잠포를 보며 유신운이 자신의 봉을 움켜쥐었다.

유신운은 강기가 일렁이는 봉으로 하나의 초식을 준비하였다.

그런데 그의 모습을 지켜보던 주취신개 장유의 눈동자가 무슨 이유에선가 지진이라도 난 것처럼 흔들렸다.

'……저건?'

뇌운십이검 신운류.

혼합기.

풍파타구육결 + 풍뢰단횡 + 뇌운직강.

종횡풍파(縱橫風波).

콰가가가! 콰아아아!

종으로 횡으로 유신운이 극한의 빠르기로 봉을 휘두르기 시작하자, 그 속도를 쫓아가지 못하고 환영이 생겨났다.

수백, 수천으로 이어진 봉의 환영은 곧 폭풍이 되었다.

퍼어엉! 퍼펑!

유신운을 덮치던 붉은 강기는 그 폭풍을 막아 내지 못했다.

폭풍에 휘말린 수라흑잠포는 이내 흔적도 없이 사라졌다.

'이럴 리가 없다! 이럴 리 없다고!'

자신의 모든 것을 쏟아부은 회심의 공격이 단 한번에 무위로 돌아가자, 등준후는 넋이 나가 있었다.

하지만 유신운은 그렇다고 봐줄 생각은 추호도 없었다.

파즈즈!

다시 한번 비뢰신을 발휘한 유신운은 한 걸음 만에 등준후의 지근거리에 도착했다.

"흐헉!"

등준후가 깜짝 놀라 제대로 대응조차 못하고 허둥지둥하던 찰나.

부우웅!

빠악!

유신운은 봉을 양손으로 꽉 쥐고 그대로 놈의 정수리를 후려쳤다.

"크아악!"

등준후의 격한 신음이 터져 나왔다.

극한의 고통에 놈은 들고 있던 창조차 떨어뜨리고 자신의 머리를 움켜쥐고 바닥을 뒹굴고 있었다.

'좀 아플 거다.'

그대로 수박처럼 머리를 터뜨려 버릴 수도 있었지만, 아직이었다.

깔끔하게 죽일 수 있는 확실한 명분이 없었다.

오히려 자신에게 오해를 씌워 희생양으로 삼은 뒤 정사대전을 촉발할 수도 있었기에 최대한 조심했다.

그래서 오로지 최대한의 고통만을 주려고 만든 일타였다.

"푸흡!"

"끄끅."

그 꼴사나운 모습에 정사를 가리지 않고 관객들이 웃음을 참지 못하고 있었다.

겨우 제정신이 돌아온 등준후는 자신을 비웃고 있는 관객들을 확인하고 참을 수 없는 모멸감을 느꼈다.

'죽인다! 죽여 버리겠어!'

창피와 분노로 눈이 돌아간 그가 유신운을 향해 살의를 뿜어내고 있었다.

그 모습을 조용히 지켜보던 유신운은 피식 웃어 보였다.

아무래도 놈을 죽일 수 있는 명분을 쉽게 얻을 수 있을 것 같았다.

'자, 이쯤에서 한번 시작해 볼까.'

우우웅!

유신운이 음의 마나를 끌어 올렸다.

사령술을 시전할 차례였다.

스아아! 촤아!

그는 아무도 모르게 등준후를 향해 한 가지 스킬을 사용했다.

유신운의 손끝에서 떨어져 나온 투명한 꽃씨 같은 기운이 바람에 실려 등준후에게 도달하였다.

기운은 등준후의 몸에 스며들었고, 반응은 신속하게 진행되었다.

"끄으! 끄으윽!"

다시금 등준후가 자신의 머리를 움켜쥐고 신음을 쏟아 내기 시작했다.

하지만 이번에는 관객들이 웃지 못했다.

"저, 저거 왜 저래?"

"⋯⋯말려야 되는 거 아니야?"

등준후가 발작을 하듯 입에 게거품을 문 것도 모자라, 까뒤집힌 눈에 검은자위가 사라져 있었기 때문이다.

주변이 소란스러워지기 시작하자, 지켜보던 심판도 가만히 있을 수 없었다.

그가 조심스럽게 등준후에게 다가가 물었다.

"⋯⋯괜찮으시겠습니까?"

푸욱!

"컥!"

하지만 돌아온 것은 대답이 아니었다.

등준후가 벼락처럼 뻗어 낸 창날이 심판의 심장을 꿰뚫었다.

절명한 심판의 몸이 비무장에 허물어졌다.

심판의 몸에서 흘러나온 피가 바닥을 흥건히 적시고 있었다.

"으아아아!"

"사, 살인이다!"

뒤늦게 상황을 확인한 관객들이 비명을 내질렀다.

공포에 휩싸여 도망가는 이들까지 속출하고 있었다.

"이게 무슨 짓이외까! 등 보주!"

"비무를 멈추시오!"

자리에서 벌떡 일어난 무림맹의 장로들이 격앙한 반응을 쏟아 내었다.

그런 주위의 반응과 똑같이 유신운 또한 놀란 척 연기하고 있었다.

이 모든 사태는 그가 사용한 스킬의 효과였다.

'광전사의 저주가 제대로 들어갔군.'

광전사의 저주는 본래 소환수를 폭주시켜 이지를 상실하게 하는 대신 공격력을 비약적으로 상승시키는 스킬이었다.

하지만 유신운은 전생의 경험을 통해 이 스킬을 상대에게도 사용할 수 있음을 알아내었다.

심리적으로 몰아붙여진 상대에게 사용하면 아예 정신을 붕괴시켜 버릴 수 있었던 것이다.

"크르! 죽……인다!"

짐승 같은 울음을 내던 등준후가 유신운을 노려보더니 이

내 창을 고쳐 쥐었다.

후우우!

스아아!

그 순간, 그의 창날에 일렁이던 붉은 강기가 점차 검게 물들기 시작했다.

그 모습을 지켜보던 정파와 사파 인사들의 표정이 경악의 빛으로 물들었다.

"저, 저건!"

"마공이다!"

등준후의 내기가 너무도 선명하고 분명하게 마기로 변하고 있었던 것이다.

'역시 혈교의 간자였군.'

유신운의 눈에 이채가 떠올랐다.

이 정도까지 효과를 발휘할지는 몰랐지만, 그의 계획은 최고의 성과를 거두었다.

십패의 패주 중 하나가 정체를 숨긴 마인이라는 사실을 만천하에 밝혀낸 것이다.

'어째 머리가 좀 터지려는 것 같다, 너희들?'

혼란에 가득한 이세천과 적양자의 눈빛을 본 유신운이 회심의 미소를 머금었다.

"으아아아!"

"마인이다! 마인이 나타났다!"

"도, 도망가!"

공포에 물든 관객들이 부리나케 도망을 가고 있었다.

"크아아!"

쐐애액!

콰가가!

그 모습을 본 등준후가 관객들을 향해 참격을 쏟아 내었다.

흉험하기 짝이 없는 초승달 모양의 검은 마기가 그들을 향해 날아들었다.

콰가가!

퍼엉!

"크윽!"

"흐읍!"

신속히 몸을 날린 무당파의 현학도장과 육망선사가 검과 죽장으로 마기를 튕겨 내었다.

"무림맹의 무사는 모두 일반 양민들을 지켜라!"

"사파련의 무사들은 등 보주를 주살하라."

현학도장과 북리겸의 말에 양 세력의 무사들이 어지럽게 뒤섞이고 있었다.

북리겸은 수하들에게 등준후를 죽이라 명령했다.

어쩔 수 없었다. 이런 상황에서는 꼬리 자르기에 들어가지 않을 수가 없었기 때문이다.

"키에에!"

파바밧!

그때, 등준후가 유신운을 향해 몸을 날렸다.

이전과는 비교가 되지 않는 엄청난 속도였다.

숨기고 있던 마기와 더불어 광전사의 저주로 인해 신체 능력이 향상되었기 때문이다.

"유 당주!"

"피하시오!"

유신운의 위험을 목격한 현학도장과 육망선사가 커다랗게 소리쳤다.

관객들의 대피에 힘쓰고 있던 그들이 뒤늦게나마 비무대에 몸을 날렸다.

스윽!

하지만 그들이 당도하기 전에 유신운의 반격은 이미 시작되어 있었다.

'이제 그만 저승으로 꺼지라고.'

자신을 향해 칠흑 같은 마기가 덮쳐 오던 그때.

유신운은 봉의 끝, 그 일점에 자신의 모든 기운을 이미 모아 놓은 상태였다.

그리고 한 발을 앞으로 뻗으며 봉을 찔러 넣었다.

너무도 평범한 동작이었지만, 그 누구도 눈으로 쫓기 힘들 만큼 쾌속한 동작이었다.

쐐애액!

콰아아아!

퍼어어엉!

주변에 충격파와 소음이 한발 늦게 날아들었다.

'……!'

'……!'

돕기 위해 몸을 날렸던 현학도장과 육망선사가 펼쳐진 광경에 당혹감을 숨기지 못하고 있었다.

섬전처럼 뿜어진 유신운의 봉이 등준후의 이마를 꿰뚫고 있었다.

털썩!

쿵!

숨이 끊긴 등준후가 비무대에 쓰러졌다.

하지만 어느 누구도 감히 입을 열지 못했다.

침묵에 휩싸인 공간에 오로지 유신운만이 우뚝 서 있었다.

'휴, 끝이군.'

한데 그가 한숨을 돌리던 그때였다.

우우웅! 우웅!

느닷없이 유신운의 수투가 어지럽게 진동을 하기 시작하였다.

그가 딱딱하게 굳은 얼굴로 후기지수들의 비무가 열리고 있는 장소를 바라보던 그 순간.

-허억! 헉! 다, 당주! 큰일 났습니다! 모용 공녀가 사라졌습니다!

한왕호의 다급한 전음이 그의 귓가에 들려왔다.

한왕호의 말을 듣자마자 유신운은 빠르게 현실을 파악했다.

미래가 바뀌었다.

또 다른 미래에서는 언소소가 납치당했지만, 현재는 모용미가 납치를 당한 것이었다.

유신운은 입술을 씹으며 스스로 자책했다.

'젠장, 미래가 바뀔 수 있다는 걸 알고 있었으면서 너무 안일하게 생각했어.'

완벽한 자신의 실수였다.

분명 자신의 행동으로 미래가 계속해서 변화해 가고 있었다.

충분히 인지하고 있다고 생각했는데 아니었다.

자신도 모르게 또 다른 미래의 기억으로 속단한 탓에 최악의 결과가 벌어져 버렸다.

'언제까지 후회만 하고 있을 순 없다. 빠르게 수습해야 해!'

그렇게 생각하며 유신운이 주변을 둘러보았다.

"사파련주는 일련의 사태에 대해 제대로 해명을 해야 할 것이오!"

"맞소, 마인이 출현한 일은 절대로 좌시할 수 없는 일이외다!"

"흥! 우리는 전혀 모르는 일이다!"

"그래, 수라보주의 개인적인 일탈일 뿐인 일을 왜 우리에게 난리인 것이냐!"

본래라면 승자들을 위해 성대한 시상식이 이루어져야 했지만, 마인의 출현은 분위기를 완전히 뒤바꾸어 놓았다.

무림맹의 인사들은 기회를 잡았다는 듯 사파련의 인물들을 압박하고 있었고, 사파련의 인사들은 얼굴에 철판을 깔고 시답지 않은 변명을 이어 가고 있었다.

두 세력의 분위기는 점점 최악으로 치달았다.

이런 상황에서 모용미의 납치가 알려지면 무림맹의 무인들은 당장 칼을 뽑아 들리라.

정사대전의 시작인 것이다.

유신운이 분노가 가득한 눈빛으로 이세천을 노려보았다.

표정 관리를 하고 있었지만 유신운은 놈의 숨겨진 내심을 꿰뚫어 보았다. 이 상황을 지켜보는 그의 눈빛에는 분명한 즐거움이 떠올라 있었다.

'나 혼자서 해결한다.'

힘을 꽉 주어 주먹을 움켜쥐며 유신운이 생각했다.

-모용미가 사라진 지 얼마나 되었지?

-바, 반 시진 정도 된 것 같습니다.

반 시진(약 1시간).

그렇게까지 멀리 도망가지는 못했을 시간이었다.

충분히 따라잡을 수 있었다.

하지만 문제는 그들이 향한 방향조차 모른다는 것이었다.

-흔적은 찾은 것이 있나?

-……후우, 아뇨. 납치한 놈들이 보통 놈들이 아닌 것 같습니다. 대기실부터 통로까지 낱낱이 뒤졌는데도 남긴 흔적이 전무합니다.

신투 한왕호의 추종술은 천하에서 손꼽히는 수준이었다. 그런 그가 작은 흔적조차 찾지 못했다면, 어느 누구도 찾기 힘들다는 이야기였다.

머리가 복잡해지던 그 순간.

'잠깐만!'

유신운의 시선이 손목의 수투로 향했다. 미친 듯이 공명하던 수투의 울음이 멎어 있었다.

귀면갑의 공명은 유신운이 전혀 모르는 효과였다.

가능성을 느낀 유신운은 바로 행동으로 들어갔다.

'맥, 대답해라.'

유신운이 맥에게 말을 건넸지만, 아무런 대답도 들려오지 않았다.

콰득!

그러자 유신운이 한 손으로 수투를 움켜쥔 후 부실 듯이
힘을 주었다.

—꾸, 꾸잇?

그러자 다급한 맥의 목소리가 들려왔다.

'……한번만 더 장난치면 완전히 박살을 내 주지.'

—꾸잇!

'모용미의 위치. 쫓을 수 있나?'

—……꾸잇. 꾸잇.

할 수 있지만, 지금은 할 수 없다. 맥은 애매모호한 대답
을 해 왔다.

'힘이 모자란 거냐?'

—꾸잇.

정확하다는 맥의 대답에 유신운의 표정이 밝아졌다.

맥이 권능을 사용할 때 사용하던 힘은 이미 유신운이 지니
고 있었던 것이었기 때문이었다.

슈아아!

유신운이 끌어 올린 자연력을 수투에 퍼붓기 시작했다.

그리고 잠시 후.

"모용 가주, 유 당주는 어디에 있소?"

"어라? 방금까지 분명히 내 옆에 있었는데……."

아무도 모르게 유신운이 비무장에서 모습을 감추었다.

'……여기는.'

희미하게나마 의식이 돌아오고 있었다. 모용미는 천근같이 무거워진 눈꺼풀을 힘겹게 들어 올렸다.

하지만 이상하게도 앞이 전혀 보이지 않았다.

그녀는 뒤늦게 자신이 얼굴에 두건이 씌워져 있다는 사실을 깨달았다.

덜커덩. 덜컹.

누운 자리에서 규칙적인 흔들림이 느껴졌다. 마차에 태워져 있다는 것을 알 수 있었다.

그 순간 그녀는 자신이 어떤 상황에 처했는지 알아차렸다.

'납치!'

그녀는 충격에 신음을 흘렸지만, 입에서는 아무런 소리도 나오지 않았다. 아혈이 짚혀 목소리가 나오지 않는 것이었다.

이번엔 몸을 움직이려 했지만, 마혈 때문에 몸 또한 마비되어 있었다.

그녀는 혼란스러운 머릿속을 애써 진정시켰다.

'침착하자. 생각나는 것부터 하나씩 되짚어 보자.'

후순서였던 자신의 비무전을 준비하며 대기실에 홀로 남아 있었다.

그런데 갑자기 눈앞이 암전되었고, 다음 순간 정신을 잃었다.

과정을 몇 번을 돌이키며 알아차린 것은 자신을 납치한 상대는 결코 충동적으로 이런 일을 벌인 것이 아니라는 사실이었다.

철두철미하게 계획을 하고 수행하였고, 그 과정의 수행이 수없이 한 것처럼 치밀했다.

앞이 보이지 않는 상황에 절망이 찾아오려 했지만.

'어떻게든 빠져 나가야 해.'

모용미는 굳건한 심지로 정신을 집중했다.

그녀는 평범한 여인이 아니었다. 당당한 모용세가의 무인이었다. 적에게 사로잡혔다고 이대로 생을 포기할 생각 따위는 전혀 없었다.

'포기만 하지 않으면 분명히 길은 있어.'

유신운이 했던 말을 몇 번이고 머릿속에서 떠올렸다.

그녀는 다시금 눈을 질끈 감고 자신의 내부를 관조했다.

'이런……..'

하지만 아무리 샅샅이 뒤져 보아도 단전과 기혈에 기운이 전혀 없었다. 한 가닥의 내기라도 있다면 어떻게든 몸을 회복시킬 수 있건만, 상황이 너무나 심각했다.

스아아. 스으.

그러던 그때였다.

'이건?'

갑자기 어디선가 내기와 더불어 알 수 없는 선기가 그녀의 체내에 조금씩 스며들기 시작하였다.

기운의 발원지는 다름 아닌 유신운이 주었던 수투였다.

그녀는 혹여나 주변에 있을 적들이 눈치채지 못하도록 조심스럽게 차근차근 그 기운을 몸속에 퍼뜨리기 시작했다.

'됐다.'

그녀가 속으로 쾌재를 부르던 그때였다.

"끌끌, 도리어 죽이지 못한 것이 복이 된 것인가."

그녀의 곁에서 정체를 알 수 없는 누군가의 목소리가 들려왔다. 듣는 것만으로 소름이 돋는 음험하기 짝이 없는 목소리였다.

그녀는 회복을 그대로 진행하면서, 놈의 혼잣말에 귀를 기울였다.

"끌끌, 유신운. 그놈이 간령주와 진령주의 계획을 모두 수포로 만들다니, 가만히 있던 내가 어부지리를 얻게 될 줄은 전혀 몰랐단 말이지."

'……당주님?'

그녀는 수괴의 입에서 느닷없이 유신운의 이름이 나오자 당황을 금치 못했다.

그리고 뒤늦게 자신을 납치한 단체에 속한 이들이 령주라는 호칭을 사용하고 있음을 깨달았다.

그러나 아무리 골몰히 생각해 보아도 강호에서 그런 칭호를 사용하는 곳은 떠오르지 않았다.

'됐다!'

그때 수투에서 흘러나온 기운을 통해 그녀의 몸이 운신할 수 있을 정도로 회복되었다.

그녀가 주변에 넓게 기감을 펼쳤다. 그러자 눈이 가려져 있음에도 적들의 모습이 눈에 선명히 그려졌다.

'마차 안에 하나, 바깥에 여섯.'

납치범들은 총 7명이었다.

그녀는 빠르게 탈출 계획을 세웠다.

'안에 있는 자를 기습한 후, 재빨리 탈출한다.'

수투의 기운을 통해 어느새 본래 공력의 3할 정도가 돌아와 있었다. 이 정도라면 자신이 깨어난 것을 모르는 저자에게 한 수를 쏟을 정도의 힘은 충분히 되었다.

게다가 허리에 차고 있던 검은 빼앗겼지만, 품속 깊숙이 숨겨 놓은 비수 한 자루는 미처 알지 못하고 그대로 둔 상태였다.

'한 수에 모든 것을 걸어야 해!'

조심스럽게 기운을 끌어 올리며 그녀는 암습의 준비를 마쳤다.

그리고 마침내.

파바밧! 쐐액!

덮고 있던 두건을 벗어던지고 한 줄기의 선풍처럼 적에게 몸을 날렸다.

어느새 품에서 꺼낸 비수에 검사가 형성되어 있었다.

그녀의 암습은 분명 마차 안에 있던 수괴의 예상을 뛰어넘는 것이었다.

그녀의 비수가 머리부터 발끝까지 흑의로 뒤덮은 상대방의 심장을 향해 쇄도하고 있었다.

……하지만 안타깝게도.

스슥!

흑의인은 가볍게 몸을 회전하며 너무도 손쉽게 그녀의 공격을 무위로 되돌려 버렸다.

그녀의 공격이 실패로 돌아간 이유는 단 하나였다.

상대가 이런 암습과 살행을 밥 먹듯이 수행하는 천살막(天殺幕)의 막주라는 사실 때문이었다.

기습이 실패로 돌아가면 결코 두 번째 공격은 허락되지 않는다.

천살막주, 아니 손령주는 회전력을 그대로 팔꿈치에 실어 그녀의 등을 찍어 버렸다.

"크윽!"

둔탁한 소리와 함께 그녀가 마차 바닥에 다시금 쓰러졌다.

그녀의 손에서 떨어진 비수를 집은 손령주는 비소를 터뜨리며 말을 꺼냈다.

"끌끌, 분명히 모든 점혈을 짚어 놓았건만, 계집이 숨겨 놓은 재주가 있었나 보구나."

팟! 파팟!

손령주가 풀었던 점혈을 다시 짚었다.

그때 소란을 들은 수하들이 안으로 들어왔다.

"소란 피울 것 없다. 계집이 눈을 떴을 뿐이니 네놈들은 목적지까지 속도나 더 높여라."

"존명!"

손령주는 그런 수하들을 다시 바깥으로 내보낸 후, 그녀에게 천천히 다가갔다. 손령주가 쓰러진 그녀의 턱 끝을 잡았다.

그의 손길에 모용미는 온몸에 소름이 돋았다. 흑의인의 손의 감촉이 마치 시체의 손 같았다.

하지만 애써 감정을 누른 그녀는 분노로 가득한 눈빛으로 그를 노려보았다.

"끌끌, 들은 것처럼 얼굴은 아름답다만 역시나 가시가 가득하구나."

그 모습이 우습다는 듯 손령주가 다시금 비웃음을 터뜨리며 말했다. 그 순간 그녀에게 더 큰 절망을 주기 위해 손령주가 한마디를 덧붙였다.

"재밌는 이야기를 하나 더 말해 주랴? 네년의 죽음은 아주 큰 역할을 할 것이다. 끌끌, 정파 놈들과 사파 놈들의 전쟁을 여는 데 말이야."

모용미의 얼굴에 핏기가 사라졌다.

상대의 말이 의미하는 것은 하나였다.

바로 정사대전이었다.

자신의 죽음이 끔찍한 전쟁을 불러온다니, 그녀는 이 끔찍한 상황에서 당장이라도 도망치고 싶었다.

한데 그때였다.

히이잉!

덜컹!

갑자기 마차를 끌던 말들이 거친 울음소리를 내며 제자리에 멈추어 섰다.

"이건?"

전혀 생각지 않은 상황인지 손령주가 처음으로 당황한 기색을 보였다.

채채챙! 채챙!

"모두 전투를 준비하라!"

그때 갑자기 바깥의 수하들이 검을 출수하며 목소리를 높였다.

"무슨 일이냐!"

모용미를 발로 마차의 한편에 밀어 넣은 손령주는 다급히 마차의 휘장을 걷고 밖으로 나왔다.

눈앞에 펼쳐진 기묘한 광경을 본 손령주의 눈이 커다랗게 떠졌다.

달리던 산길이 사라져 있었다. 그리고 한치 앞도 보이지 않는 짙은 안개가 그들의 시야를 덮고 있었다.

갑자기 안개가 나타날 리 없었다.

'진법!'

누군가가 그들의 길을 막고 진법을 펼친 것이다.

그 순간.

서걱! 서거걱!

갑자기 마차를 이끌던 말들의 목이 후두둑 떨어졌다. 말들의 목에는 칼로 베인 듯한 날카로운 단면이 드러나 있었다.

반면 날아든 공격을 보지도 못한 천살막의 살수들은 당혹감을 숨기지 못했다.

"누구냐!"

손령주가 기운을 담아 커다랗게 소리치자 안개 속에서 누군가가 모습을 드러내었다.

'저놈은?'

의문인의 모습이 드러나자 손령주가 경악했다.

"반갑다, 개자식들아."

어느새 쫓아온 유신운이 모습을 드러낸 것이다.

다음 권으로 이어집니다

꿈의 도약, 로크에서 하십시오
(주)로크미디어에서 신인 작가를 모십니다

즐거운 세상, 로크미디어는 꿈을 사랑하고 도전을 두려워하지 않는 작가 분들의 참신한 작품을 기다리고 있습니다. 21세기 장르 문학계를 이끌어 갈 차세대 선두 주자 (주)로크미디어에서 여러분의 나래를 활짝 펴 보시길 바랍니다.

모집 분야 판타지와 무협을 포함한 장르 문학
모집 대상 아마추어 작가, 인터넷 작가
모집 기한 수시 모집

작품 접수 시 유의 사항

1. 파일명은 작가명_작품명.hwp형식을 갖춰 주십시오.
1. 파일에 들어갈 내용은 다음과 같습니다.
   - 성명(필명인 경우 실명을 밝혀 주세요), 연락처, 이메일 주소
   - 제목, 기획 의도
   - A4용지 1장 분량의 등장인물 소개
   - A4용지 2장 분량의 전체 줄거리
   - 본문
1. 작품이 인터넷에 연재되고 있다면, 게시판명과 사이트의 구체적이고 정확한 주소를 기재해 주십시오.

선택된 작품은 정식 계약 후 출판물로 간행되어 전국 서점에 유통됩니다.
작가 분은 (주)로크미디어의 전폭적인 지원하에 전속 작가로 활동하시게 됩니다.
※ 자세한 내용은 로크미디어 홈페이지(rokmedia.com)를 참조하세요.

(03920)서울시 마포구 성암로 330 DMC첨단산업센터 3층 318호
(주)로크미디어 편집부 신간 기획 담당자 앞
전화 : 02) 3273-5135
www.rokmedia.com   이메일 : rokmedia@empas.com